D0011468

# Las islas

New York, NY.

Colección  Sudaquia

# Las islas

## Carlos Yushimito

Sudaquia Editores.
New York, NY.

LAS ISLAS BY CARLOS YUSHIMITO

Las islas.

Published by Sudaquia Editores
Collection design by Jean Pierre Felce
Author image by Esperanza Godoy Luque

First Edition by [sic] libros
2006

First Edition Sudaquia Editores: March 2015


Printed in the United States of America

ISBN-10 1938978897
ISBN-13 978-1-938978-89-0
10 9 8 7 6 5 4 3 2 1

Sudaquia Group LLC
New York, NY
For information or any inquires: central@sudaquia.net

www.sudaquia.net

# Índice

Por se tratar de uma ilha deram-lhe o nome
de ilha de Vera Cruz
Ilha cheia de graça
Ilha cheia de pássaros
Ilha cheia de luz.

*Ladainha I*, Cassiano Ricardo

E por que nos seduz a ilha? As composições de sombra e luz, o esmalte da relva, a cristalinidade dos regatos –tudo isso existe fora das ilhas, não e privilégio dela. A mesma solidão existe, com diferentes pressões, nos mais diversos locais, inclusive os de população densa, em terra firme e longa. Resta ainda o argumento da felicidade –«aqui eu não sou feliz», declara o poeta, para enaltecer, pelo contraste, a sua Pasárgada: mas será que se procura realmente nas ilhas uma ocasião de ser feliz, ou um modo de sê-lo? E só se alcançaria tal mercê, de indole extremadamente subjetiva, no regaço de uma ilha, e não igualmente em terra comum?

*Divagação sobre as ilhas,*
Carlos Drummond de Andrade

# Bossa Nova para Chico Pires Duarte

*Ah, se eu te contasse sobre a vida,*
*teria sangue na sua mão;*
*não rastros vermelhos –de lábios pintados*
*nem beijos de festa.*

*Ah, se eu te contasse sobre a vida,*
*seria singela a sua morte,*
*não flama brilhante –que assoma quente*
*que espera dormida.*[1]

«Bossa nova», v. 1, 2. *Recopilación de cantos populares en las favelas de Rio de Janeiro*, Marcela Fonseca de Costa, 1991.

# 1

Al llegar a la primera esquina, en la rúa Conde de Bonfim, Chico Pires Duarte serenó su paso y miró hacia atrás, la extensa calle desierta apenas iluminada por el reflejo de las farolas. Un líquido coloidal, similar a la niebla, parecía derramarse por encima de las casas y las hacía flotar entre la lluvia como náufragos que resistiesen, apoyados unos contra otros, sobre trozos de madera. Ya sin prisa –sabía que no lo seguían, que los había perdido de vista–, Pires Duarte contorneó la carretera en dirección a Flamengo, y, a continuación, como tenía previsto desde mucho tiempo antes de asesinar a Pinheiro, se refugió en una barraca de la zona sur, atravesando casi por completo las barriadas al pie del morro de São Clemente. También ahí las luces amarillas ahogaban el tiempo: flotaban densas y pegajosas como en la inclinada cuesta. El viejo Eduardo, que lo había seguido durante el descenso, sentado ahí, a su lado, escuchando su relato, lo imaginó de nuevo sin esforzarse demasiado: la mano torpe acomodándose en una esquina de la cocina; las goteras y el bamboleo de las calaminas que resistían el temporal, sus gruñidos graves y sin pausa arrastrándose fuera. Miró su manga recogida con los restos de sangre, y miró también el rostro de Pinheiro, todavía asombrado y pálido al amanecer, cuando los ladridos que había escuchado la noche entera cobraron sentido en su recuerdo. ¿Cuánto tiempo llevarían ahí? ¿Una, dos horas? ¿Cuánto, desde que Chico se había callado, dejándolo a solas con su propia imaginación? Los ojos abiertos de Pires Duarte lo encontraron, al poco rato, entre la madeja de humo que iba desovillándose frente a su rostro. Sospechó la noche en vela, o el sueño profundo, o el infinito cansancio en ese cuerpo joven, en ese ángulo de la habitación a oscuras. Con una agonía regular, el cigarrillo del viejo Eduardo terminaba de consumirse entre sus dedos. Oyó el sonido de una puerta y lo siguió con impaciencia al exterior de la barraca. Era el amanecer. El ruido de voces se había reiniciado en los fondos casi de puntillas, y el humo, encendido por su última calada, escapaba ahora con languidez de un tembloroso rescoldo naranja. Eduardo miraba el sello fulgurante en la oscuridad: el cielo del amanecer abriendo su gran bocaza en el horizonte partido, extendiéndose a lo largo de la línea de tierra, como si alguien le hubiese cortado un largo tajo de pronto y le hubiera dejado desangrarse así, la herida abierta y roja tras la vegetación de Río.

Atrás quedó la puerta magullada por la humedad que había entrevisto anoche; la diminuta y corva figura de una mujer, y el refugio, la noche entera reducida a unos cuantos tabiques de madera, a cubos y neumáticos, al suelo polvoriento de los alrededores. La mujer caminaba detrás de él; Eduardo la imaginó por un segundo: una boca sin dientes, unas manos oscuras que se derramaban en la puerta mientras esquivaba los ojos. «Nadie quería problemas con la gente de Pinheiro», pensó. No era difícil sospecharlo. Afuera, el tiempo recién escampado de la madrugada flotaba en el aire como una densa capa de niebla. Olía a naftalina, a trapos viejos, al lento proceso de su abandono reduciéndolo todo a polvo. Con los ojos aún entornados frente al resplandor que empezaba a diluirse en el cielo, Chico Pires Duarte miró las puertas clausuradas y, fue sintiendo, poco a poco, la soledad que lo acostumbraba a su propio miedo. Pensaba, comprendiéndolo todo de golpe: «sin duda Marcinho me estaría buscando», *lo estarían buscando ahora mismo en todo São Clemente.*

—Luego vino aquí —dijo el viejo.

Chico Pires Duarte escupió una larga bocanada de humo y, por primera vez, su mirada se orientó en la penumbra. Miró una tenue luz que escapaba de los interiores, como un guiño de complicidad asomado sobre la puerta. Intuyó movimientos, algunas sombras que se deslizaban; pero ya no pensaba en el tiempo. Oía voces y sillas arrimándose duramente contra los tablones del suelo. A esas alturas, la voz del viejo Eduardo, callada aún por la vivacidad del relato, se había disuelto en un pesado vaho con olor a tabaco y madera húmeda que se agolpaba contra su rostro.

—Al anochecer vine aquí —asintió Pires Duarte—.Vine buscando a Fernanda Abreu.

El viejo Eduardo trazó un gesto de contrariedad con las manos.

—Es usted demasiado joven e impulsivo para darse cuenta todavía, pero déjeme decirle algo: la vida es mucho más valiosa de lo que usted piensa. Asesinar a Pinheiro ha sido la peor estupidez que podía cometer —añadió, y sus ojos brillaron con un destello acuoso—: ¿Cree realmente que vale la pena morir por una mujer?

—Fernanda no es una mujer —respondió enseguida, como si llevara largo tiempo meditándolo—; en realidad es solamente un sueño.

El viejo dejó escapar una carcajada ronca, un escupitajo grueso.

—Le estoy hablando en serio, muchacho.

Chico Pires Duarte respondió con calma:

—Usted ha vivido más tiempo que yo, Eduardo. Ha visto más cosas que yo en la vida. Siempre habrá gente que se matará por la patria o por el honor o por quién sabe cuántos otros sueños inútiles. Incluso por Dios o por algo semejante. Pero una mujer, Eduardo, ¿no nos da una mujer siempre la posibilidad de morir una muerte más humilde y por lo tanto más digna?

El viejo Eduardo lo conocía lo suficiente como para saber que no le mentía esta vez. Chico Pires Duarte lo había acompañado a menudo desde aquella tarde remota en que, viéndolo tocar la viola en el declive de Oswaldo Seabra, en el barrio medio, su rostro de crío se había detenido embelesado por primera vez ante la música que rasgaba en las cuerdas. ¿Cómo decirle ahora que toda su música era una bella mentira? ¿Cómo explicarle la responsabilidad que sentía ahora mismo sobre su suerte? Sus manos duras y curtidas por el sol revolotearon agónicas, apenas visibles, en la penumbra, como si fueran las ramas de un árbol seco dominadas por la intemperie. ¿Cómo decirle que las historias de héroes y amantes que le cantó desde siempre eran justamente eso, bellas mentiras, sólo música y letras para que en realidad no existieran nunca en la vida?

«Ah, Chico Pires Duarte», pensó: «si yo te contara sobre la vida...».

El sol, entonces, una bola encendida, reapareció entre sus dedos; se incendió, se apaciguó de pronto, y una nube de humo no tardó en asomarse entre ambos. En alguna parte, unas carcajadas dejaban un rastro pastoso y alcoholizado; tal vez en la habitación contigua.

Se oyeron pasos, el sonido de una puerta, y las voces se callaron de golpe.

Pires Duarte sintió un leve roce en el hombro:

—Todavía está a tiempo de marcharse de aquí, Chico.

Notó la respiración del viejo raspando el aire húmedo con un resuello difícil.

—Si es lo que espera usted, podría reconciliarse con la familia... tal vez si dejara pasar un tiempo, un par de meses... Siempre habrá intereses y alguien sin duda se beneficiará con su muerte. Pero ahora es imposible, ¿lo entiende? Hay demasiado honor inmediato, demasiada apariencia, para que usted se quede aquí esta noche...

Sabía que insistir era inútil, que el muchacho Pires no se marcharía nunca, pero aún así no podía dejar de intentarlo.

Al poco rato, sin embargo, el viejo se acomodó otra vez en el asiento y levantó la vista:

—Creo entender por qué no se marcha de aquí le dijo.

En realidad, lo había comprendido todo desde el momento mismo en que apartó la puerta y lo descubrió sentado en ese banco de la pieza a oscuras, donde todavía permanecía ahora.

—Usted espera que lo maten también, ¿no es así, Pires Duarte? Por esa razón se encuentra aquí esta noche, en esta habitación, conversando conmigo.

Tampoco esta vez su respuesta demoró demasiado tiempo.

—Sí —dijo, perezosamente: por eso estoy en el velatorio de Martim Pinheiro.

## 2

Fernanda miró la multiplicación de Chico en el espejo del tocador, y esa primera revelación que había empezado a intuir meses atrás, después del primer orgasmo, se le hizo súbita y conflictiva de pronto, como si alguien, de manera similar, le hubiera descubierto en el cuerpo un cáncer maligno, y al mismo tiempo le hubiera confesado que no se podía hacer nada más al respecto. Chico Pires Duarte era un mulato fuerte y atractivo, con facciones demasiado finas incluso para delinearse en el rostro de un hombre blanco. Sin embargo, esa tarde, todo lo que había sido inventado con él, no sólo su rostro, le parecía un desatino deliberado: le había quedado claro que una suerte de despropósito destinado a generar una situación funesta iba más allá de la sola invención de esa criatura hermosa, que ahora mismo, delante de ella, se metía en sus pantalones de pana y acomodaba los pliegues de la entrepierna a su ceñido cuerpo. Lo miró abrocharse los pantalones, sentarse al borde de la cama, y luego trabajar con esmero en los cordones de sus zapatillas. Esta vez observó enternecida ese mismo ritual, sin sentir por ello la exasperación que tanto la había apurado horas antes, cuando, en los preliminares del sexo, Chico había empezado a despojarse de su ropa con la misma meticulosa calma.

—Siempre tratas las cosas tan delicadamente... —dijo ella, como pensando en voz alta—, de una manera tan lenta y cuidadosa, que a veces creo que esa es la única razón por la que me gusta estar contigo. Sólo para sentir, al menos durante unas horas, que es imposible que algo malo pueda sucederme; que cualquier amenaza, a tu lado, es incapaz de existir.

Chico esbozó una sonrisa condescendiente al otro lado del espejo, se dio media vuelta y la besó en los labios. Sin resistirse en absoluto, Fernanda se dejó besar, pero en realidad no deseaba que la besaran. De alguna manera intentaba elaborar una respuesta, y esa reflexión era apenas una excusa para formular la pregunta, no una concesión o un gesto de amor o una debilidad repentina. Así que volvió a recostarse sobre las almohadas mientras Chico terminaba de abrocharse los botones de la camisa, y apresó su cabello en una coleta irregular, y se detuvo más allá de los pliegues que se formaban en la cama, sus pechos asomando detrás de las sábanas como dos criaturas curiosas.

—Por eso mismo —continuó diciendo, al cabo—, no logro entender que no hayas considerado con seriedad el empleo que te ofreció Guilherme en São Paulo. No logro comprender que alguien tan sensible como tú no quiera dejar la favela, ni largarse de este lugar lo más pronto posible para empezar a vivir de manera decente en otra parte; que alguien que hace las cosas tan cuidadosamente no se haya detenido siquiera a pensar unos segundos, como lo haces al abrocharte los pantalones o al atar tus zapatos, en las ventajas que tiene ese empleo para ti, en la fábrica... Chico, ¿estás escuchándome? ¿Puedes explicarme eso?

## 3

—¿Chico? —preguntó Pinheiro—. ¿Qué mierda haces aquí?

## 4

Por si alguien se acercaba a la rúa Carvalho, Chico Pires Duarte buscó a tientas en el bolsillo del pantalón. Se había detenido y palpado la faca, pero esta vez sus dedos no respondieron con la misma seguridad mientras repasaban su forma, el mango de cuero, la hoja que imaginaba blanca e infinitamente hermosa bajo la tela de pana. No fueron la misma seguridad intuitiva, ni siquiera el miedo que otras noches lo habían acompañado en la soledad del morro, los que por fin lo detuvieron en ese ángulo de la calle, sin dejarle partir, sin haber matado antes a Pinheiro. Nunca había fumado por necesidad, pero esa noche había llevado una cajetilla de rubios por si hacía frío mientras esperaba. De cualquier manera, fumar, fumó poco. El humo de las bocanadas podría hacerles notar que se hallaba ahí, esperando en ese ángulo de Carvalho. Además, tampoco conservaba el hábito y podría toser, y algunos piensan que es posible saber, intuir, sospechar la muerte, sobre todo cuando es una muerte que no viene del tiempo, sino de las circunstancias. «Matar a un hombre es llevar a cabo un acto de optimismo, una empresa demasiado grande» pensó. «Una temeridad que sólo asusta si no se piensa al mismo tiempo que existe la posibilidad de una victoria sobre la culpa».

## 5

—¿Y dices que han matado a Pinheiro?

—Sí, señor —respondió el crío—. Le han facado cinco veces; pero sólo le han podido matar una vez, a la cuarta, en el pulmón derecho.

# 6

Como ráfagas de polvo, el aire cálido de la cuesta iba aleteando en sus oídos, y el viejo Eduardo se preguntó si los demás no estarían detrás, si no lo habrían perdido de vista. Pero eso fue mucho tiempo después, pensó, cuando Chico Pires comprobó que Fernanda no había llegado. Entonces tenía tiempo suficiente; nadie sabía aún que Pinheiro estaba muerto. Corrió los minutos que restaban concentrado en una línea que oscilaba veloz, irregular, en la calzada. La vista de Pires Duarte clavada en el suelo, en sus pies ocultándose y reapareciendo a cada pisada suya que golpeaba en el pavimento. Abriéndose paso entre la lluvia, la barraca de Oswaldo Seabra no tenía las luces encendidas como lo habían premeditado juntos la noche anterior. Fernanda estaría allí, dormida; se asomaría de prisa, lo abrazaría con fuerza; habría esperado nerviosa a que él llegara. ¿Cómo podría no hallarla, en efecto, si São Paulo, si la vida juntos? Si Pinheiro muerto... Se apretó agitado contra una pared. Miró atrás, cruzó la calle: las luces rubias de las farolas se tendían como telas de araña, como miel derretida, en su ruta. Se deslizaba con otro tiempo, denso y glutinoso, y, apresado aún en los residuos de su galope, esta vez caminó con precaución hasta llegar a la puerta. *¿Cuánto tiempo había esperado?* Un perro ladró en muchos ecos cuesta arriba; Chico se aproximó y golpeó la puerta. El corazón le latía fuerte mientras golpeaba, una y otra vez, duramente ahora; pero Fernanda Abreu no había llegado, se anticipó el viejo: se había echado atrás, lo había dejado solo. El sol entonces, una bocanada de humo, un gesto de resignación en las manos: tal vez no había tenido el tiempo suficiente,

Eduardo. Se tendió en el suelo, respiró jadeante: tal vez no había logrado escapar a tiempo.

## 7

–No seas idiota –estalló Fernanda–. Eres lo único que me importa en el mundo... lo único que me importa, Chico; pero sabes muy bien que si tuviera la posibilidad de largarme de aquí no lo dudaría un instante. Ni siquiera pensaría en ti cuando hiciera las maletas y subiera al autobús; me mordería los labios y no abriría los ojos hasta que hubiera terminado el trayecto; no miraría atrás en ningún momento hasta saberme muy lejos de este sitio.

–Siempre puedes venir conmigo.

–Sabes que no puedo hacerlo –respondió ella.

–Pues deberías *poder* –dijo Chico–. Y no sólo deberías poder, sino también hacerlo. Deberías dejar a tu esposo y marcharte conmigo a São Paulo. Mañana mismo, en el primer autobús...

–No puedo –lo interrumpió ella–. Tú sabes que no puedo hacerlo.

## 8

–Claro que no puedes hacerlo *así* –murmuró uno de los tres, por si a Pires Duarte se le ocurría recobrar el conocimiento y despertaba, de pronto, en mitad de la polvareda–. Claro que no puedes, cara.

Una vez en el suelo, mejor darle en la cabeza. Así. ¡Paf! Apuntándole en la cabeza. ¿Comprende?

—Sí, perfectamente.

—Pues ya está —dijo el otro. Despiértalo ahora; hace frío aquí, puta madre.

—Sí —murmuró Marcinho, mientras pensaba: «¿Cuántos perros escucharán los disparos esta noche? Tres disparos en total. Nadie podrá reconocerte luego, pendejo»—. Tres disparos entonces. Paf... Paf... Paf...

—Sí, vamos, date prisa, no tenemos todo el tiempo del mundo.

—Sí —dice el otro, y lo despiertan.

—Chico... —dice Marcinho, remeciéndole el brazo—, Chico...

## 9

—¡Mujer! —gritó Pinheiro. Ven aquí, mujer, no seas tímida. Eso es... aquí... aquí. ¿Ves aquí al caballero? Dale un beso al caballero, por favor. Sí, un beso de bienvenida. Vamos, no seas tímido, muchacho... tú tampoco, sí, eso mismo...

—Encantado —dijo Chico, dejándose caer en el asiento.

—Francisco Pires: mi mujer, Fernanda.

—¡Jesús! —sonrió ella, desconcertada—. Ahora eres todo un caballero... ¿De qué se trata esto, quieres decirme? ¿Tendré que saludar a todos tus amigos con un beso de ahora en adelante?

—Sólo en esta ocasión... —respondió Pinheiro—: sólo en esta ocasión, mujer. Aquí el caballero está enamorado de *la señora*.

Pinheiro bebió un trago largo de su vaso y guardó un silencio casi tan áspero como su voz trabajada por el aguardiente. Calculó el tiempo que hacía falta para que sus palabras hicieran la mella suficiente sobre la voluntad de Pires. Se reía en silencio, miraba el desconcierto que su ingenio había causado en el muchacho. Se reía de su propia imaginación, de su sangre fría.

–Regalar de cuando en cuando un poco de ilusión no le hace daño a nadie, mujer.

Luego enrolló uno de sus bigotes y atrajo a la mujer por la cintura. La sentó en sus rodillas, la besó en los labios.

–Mientras todo sea un asunto platónico, muchacho, a mí no me importa si *ella es tu diosa* o no, ¿vio? –dijo. Se había puesto serio de pronto; hacía girar su vaso de cachaça, dando círculos concéntricos con su muñeca–. No me importa si ella es tu diosa o no, mientras lo sea sólo en tu imaginación o en tus sueños, porque en el fondo ella es tu diosa, y delante de mí siempre lo será, seas tú, Marcinho o cualquier otro mierda del barrio, ¿comprende? Porque diosa quiere decir "no–hecha–para–ti" o para Marcinho o para cualquier otro mierda del barrio...

–Señor Pinheiro –titubeó el muchacho, apresurándose a contestarle–: no ha sido mi intención ofenderlo...

Pinheiro lo mandó callar con un gesto de su mano.

Volvió a mirar a Fernanda que, puesta de pie, permanecía inmóvil junto a la puerta y tenía una expresión divertida en la cara.

–Ya lo ves –sonrió Pinheiro, palmoteando su estómago con seguridad–, esta noche quedas convertida en diosa, mujer. Vete a ver cómo andan los críos.

Llevaba un vestido moteado, azul y blanco, con pequeños ribetes en las mangas que dejaban al descubierto unos brazos delgados pero vigorosos.

—Procura que tu diosa no te espere demasiado esta noche —dijo ella antes de salir.

Luego escucharon una risa en el corredor, algunos pasos, y poco después una puerta cerrándose con un sonido definitivo.

Chico hizo un amago de respuesta, pero el otro lo detuvo enseguida.

—No seas idiota, muchacho —la voz de Pinheiro raspaba, autoritaria, imponiéndose gravemente sobre el rumor de la música—. Aquí todos tenemos el palo funcionando bien, ¿no es verdad? Y tarde o temprano, según a quién, deja de funcionarle algún día. Con la edad eso siempre sucede.

Pinheiro guardó silencio, reflexionando un momento sobre lo que había sentenciado: la vida era difícil, en efecto. Un día estabas arriba, y al día siguiente, un sólo descuido, una sola traición bastaba para regresar abajo, mucho más abajo, incluso, que antes. *Sí, la vida de un hombre es como la historia de su propio sexo: los hombres fuertes se levantan una y otra vez, hasta que les llega su hora.*

—Sí, señor —respiró Pinheiro: la vida de un hombre es una lucha constante.

Apretó un botón en el mando del equipo, y la música elevó su volumen hasta que ocultó el sonido de la calle.

—Por lo que a ti respecta, muchacho —dijo al cabo, mudando el tono de su voz—, te diré sólo una cosa: puedes hacer con tu vida lo que te dé la gana. Con tu imaginación también. Pero delante de mis ojos, escúchame bien, más te vale que no hagas ningún movimiento estúpido. Esta noche te he regalado un beso de Fernanda para que sepas lo lejos que está ella de ti. Porque te hago cortar los huevos y luego tragártelos, si de ahora en adelante me entero de que la has mirado como lo has hecho esta noche, al entrar a mi casa...

—Señor —respondió Chico, no ha sido mi intención ofenderlo...

—Déjate de estupideces ahora —dijo entonces Pinheiro, sacando de la gaveta del escritorio una balanza diminuta.

## 10

—Luego terminó aquí —asintió el viejo, y sus dedos nudosos, como animales fatigados, se contrajeron con lentitud sobre los trastes, con un rumor sordo que acabó perdido en la oquedad del instrumento. Un suicida incorpóreo, cayendo en el acantilado de madera, pensó —*cayendo, cayendo*, cayendo hasta que desapareció por completo, y un silencio sólido sustituyó a su voz y el sonido de la guitarra se desvaneció como un eco abandonado en la profundidad de sus ojos abiertos. El calor de la resolana empezaba a disminuir con la tarde, precipitándose sobre el asfalto agrietado del suelo, y su sombrero, como una tortuga volcada boca arriba, reposaba hacia un lado de sus piernas, mientras exhibía en el fondo de su tela algunas monedas que reflejaban los últimos rayos del sol. Vestía pantalones sucios y sandalias que dejaban entrever unos pies resollados y unas uñas marchitas que habían perdido la forma y el color con el tiempo. La piel de su rostro, fuertemente tostado por el último verano sofocante, resistía ahora como una cicatriz bajo la sombra de sus escasos cabellos. El tiempo pasa de prisa, pensó. Y rasgó un acorde en la guitarra que resonó como el quejido de un organismo vivo pero enfermo entre sus manos. Esta vez había hecho una concesión cuando las personas que lo escuchaban tocar le preguntaron sobre Pires Duarte. Ahora, simplemente, se limitaba a resumir su historia, la que se había inventado para él cuando cantó el bossa nova siete años atrás, cuando decidió que no lo dejaría morir del todo, cada vez que alguien le preguntara, como ahora, cuál había sido la verdadera historia de su muerte.

Rasgando el mismo acorde de siempre, haciendo trotar sus dedos exactos entre las cuerdas, cantó:

*Ah, si yo te contara sobre la vida,*
*habría sangre en tus manos:*
*no rastros tan rojos – de labios pintados,*
*ni besos de fiesta*

Y a medida que iba pulsando las cuerdas y su dura voz se derramaba sobre las paredes y el declive hondo, como si lo hubiera visto ayer, cercano como en la corta noche en que lo acompañó a casa de Pinheiro, el viejo Eduardo miró de nuevo las sombras entornando la puerta, acercándose al fin, y su relato, esta vez sin la voz de Chico Pires Duarte, se redujo al forcejeo que nunca llegó, y en cambio sí al susurro en el oído que en todo caso completó en la tarde que siguió a su muerte.

*¿Había intentado escapar?*

—No —les respondía el viejo. Esperó valiente en la misma silla hasta que sintió que alguien se aproximaba, que una voz áspera y tibia le murmuraba algo al oído; esa voz que había estado esperando, en realidad, desde el momento en que llegó a la barraca para confirmar la verdadera razón que lo había traído al velatorio de Pinheiro. Mientras lo guiaban hacia esa luz amarilla que dibujaba en los exteriores los primeros ladrillos que conducían al barrio medio, próximo al declive de la rúa Conde de Bonfim, Chico Pires Duarte cerró los ojos e imaginó que uno de esos centelleos grises, que una de esas sombras en el camino, era la de ella. Acaso en los segundos que siguieron hubiera preferido que Fernanda saliera a su encuentro, pero eso nunca lo sabría el viejo y, en cualquier caso, era mucho mejor imaginarse que no lo había deseado.

Carajo, pensaba entonces, caminando en dirección a la calle: nunca se había sentido mejor en la vida. Esta vez era inmenso y sólido, más que otras noches, mientras se dejaba arrastrar dócilmente hacia la calle. Un empujón final, y, antes de vomitarse junto a esa luz amarilla que flotaba en la atmósfera de las farolas, miró hacia atrás, en dirección a la gente que salía de la barraca, y miró después a Marcinho llevando en las manos el fusil que días atrás él también había manejado, alerta, con esa puntería definitiva que tanta satisfacción le había traído al cuidado de Pinheiro. Lo miró con ternura, o con lástima, o con un infinito miedo. Porque Marcinho, al igual que él, tantas veces al cuidado de Pinheiro, esta noche tenía una justificación en sus actos.

Chico Pires Duarte, sin titubear, pensó entonces, siguiendo a los otros en la calle:

—Sólo apunten a la cabeza.

# Una equis roja

Será difícil olvidar el nombre de esta calle. La iluminan varias sortijas de luz: débiles legañas húmedas que penden de postes construidos hace más de seis décadas con los maderos que llegaron atrapados por la última inundación. El mapa la ubica discretamente en la zona sur. La califica con una equis roja; lo que la leyenda traduce, líneas abajo, como "precaución". Pero los vagos reflejos de sus hilos eléctricos, desde mucho antes de verlas, sugerirán que no puede existir mejor fauna para esta comarca inaudita: morenas vanidosas que blanden sus cuerpos en las veredas, mitad vegetación, mitad asfalto. Los brillantes abalorios que llevan en sus cuellos son una buena imitación del lugar, y añadiré que son como ellas mismas; collares de bisutería que, pese a la vulgaridad de su industria, les dan fama de ser las más refinadas y exclusivas putas de mi establecimiento. Aquí prolifera la libertad. Yo le llamo "turismo alternativo". Una equis roja. Por eso, a fin de revertir esta ciudad que han delimitado los inspectores, un mulato reparte publicidad, burdamente tatuada en volantes de imprenta, a los turistas que recorren la costa lejos del Corcovado y el Pão de Açúcar, y mantienen en la mirada esa urgencia característica que los hace confesarse con cualquier desconocido que parezca tener respuestas. Por lo que a mí toca, ninguno de los aventureros que encontró el camino hasta aquí ha podido decir luego que se haya marchado insatisfecho.

Salvo Hidalgo, el español que llegó por primera vez hace cinco años. Pero, ¿qué diré? Él es el único hombre que conozco que ha sido capaz de enamorarse perdidamente de una puta con el oficio aún latiendo. Desde entonces nada ha logrado disuadirlo. Las meninas juegan bromas con él, lo compadecen, lo consultan cada vez que tienen algún dilema; se le insinúan, sin tregua ninguna, con esa absoluta rebeldía que se permiten al saberlo un animal indefenso. Él, por su parte, permanece así: fuma un cigarrillo, picoteando de cuando en cuando el diminuto muñón de tabaco que sobrevive en sus dedos, siempre oculto en una ensimismada tristeza de la que sólo es capaz de rescatarlo Dulce, mi puta más requerida. Entonces su rostro casi tan afilado como la arista de un lápiz, y sus ojos, avispados y directos, se deslizan con una vivacidad asombrosa hacia todos los espacios que ella deja vacíos. Y, aunque sonría con poca frecuencia, en esos momentos su piel se tensa con una alegría que contagia una dolorosa solidaridad. Es alto, más bien encorvado, tiene una barba ceniza al rape y todos aquí lo conocemos como Hidalgo. Su apellido y su edad —incierta pero definitivamente lejana— inspiran un antiguo respeto.

Hace tres años que empezó a quedarse, de un modo tan definitivo e invisible a la vez, que, en algún momento, su vacío se había hecho tan necesario que no hubo motivos para dejarlo partir. Fue como una pierna amputada que seguía teniendo calambres. Como si su tristeza, de alguna manera, se hubiera vuelto necesaria para equilibrar los desbordes de júbilo que hacen tolerable el oficio de mis niñas. Por eso, dos años después de extirparse todos los ahorros de su vida, cuando los bancos cancelaron su última hoja de crédito y descubrió que su portugués balbuceante y los residuos de su edad le impedirían sobrevivir fuera de aquí, lo conservamos como a un perro callejero al que se ha cogido cariño, con una amistad incondicional. A cambio de un tabuco que ya ninguna de las meninas quería usar, una ración discreta de tabaco negro y alcohol sobrante de los vasos, mi establecimiento ganó un barredor. Y ellas ganaron un padre.

No lo dirá nunca, pero sé que su mejor paga es conservarse cerca de Dulce. Se le ve en ese par de ojos huecos que persiguen a diario la única razón que tuvo para arruinarse aquí. Él, en su locura, seguramente afirmará que ha sido su riqueza, cuando lo cierto es que jamás, mientras fue adelgazando sus finanzas con nosotros, se atrevió a comprar el costoso vicio de la que siempre ha sido la más rentable de mi corte. Alguna noche lo vimos irse con Genoveva, pero en silencio y para dormir soñando con la otra. Y, aunque luego dijo que había sido la cachaça, no lo justifiqué. No lo justifico ahora. Siempre ha estado acatarrado con ese virus de espanto que, según la perspectiva de quien lo mire, algunos llaman amor. Y yo llamo ocio. Como la poesía, la belleza de Dulce tampoco llegaré a comprenderla bien. Pero Guimarães, un ingenioso inspector municipal, tiene una teoría al respecto. Dice que los hombres encuentran en ella esa basta sensualidad que ha heredado del nordeste y que eso los atrae fijamente como los abismos. Por mi parte, a veces pienso que esas tetas grandes de silicona y los muslos robustos que le han trabajado las pendientes, tal vez embrujan a los hombres porque en la invitación de su rostro, en la seguridad de su mandíbula fuerte y las cejas pobladas, hay algo como una promesa de docilidad que nadie espera. Como una conquista que todos los tímidos e indecisos han querido conseguir, y que de otro modo sólo estaba reservada a los verdaderos hombres.

Me apoyo en la puerta de mi oficina, acalorado por esta primavera temprana que no aplacan los ventiladores; y allá, a pocos metros, veo a Hidalgo reteniendo a Dulce con una conversación trivial con la que intenta evitar, inútilmente, lo que ya sabe que llegará a su tiempo. Algo le dice con poca retórica, nervioso, apretando fuerte las mandíbulas como las fibras de la escoba contra el suelo.

Una negativa que veo venir, finalmente llega.

Como siempre, ella sonríe con una resignada madurez.

—De niña me gustaba cabalgarla —recuerda Dulce, acariciando sin morbo el madero que el viejo sostiene con las dos manos—. Imaginaba que era el hermoso caballo blanco en que vendría a rescatarme el príncipe de los cuentos de hadas.

La sonrisa dura del hombre, el brillo inexpresivo de sus ojos, es un desafío a la felicidad.

Él la llevaría a cualquier lugar del mundo.

Pero ella se apresura:

—Eres como un padre para mí.

Sí, Dulce es diferente. Ella no puede soñar con algo que jamás ha tenido.

Entonces llega el momento de intervenir.

—Ya voy, señor Sancho —camina sin dejar de mirarlo, acercándose a mí. Respondiendo a mi llamada del modo dócil que al señor Guimarães le gusta. Del modo en que a todos los hombres le gusta ella.

Me gusta que me llame señor.

Estos días hay poco movimiento en la calle. Habrá que esperar aún a que llegue el verano, y con él el carnaval, para que las coquetas luces enciendan su invitación en este cuello al borde del océano. Para entonces las cosas serán como antes. Ya no existirá ninguna razón para que mi establecimiento se halle forrado en polvo como lo ha estado estas últimas semanas. Por ahora, nadie hay quien lo limpie las tardes como hoy, en que el inspector Guimarães se mete a la habitación de Dulce, y Caixa de fósforo, el fornido negro que lo acompaña cuando aquel atraviesa los lugares prohibidos del mapa, cuida la puerta en el corredor con su enorme estilete al descubierto. Guimarães le llama al par de horas que gasta dentro "día de allanamiento". Y yo me río de una manera que parece honesta. Sin embargo, en la habitación contigua hay alguien que realmente lo pasa mal. No holgazanea Hidalgo mientras escucha el sonido de los resortes, la tarima de la cama trotando contra el parqué y los gemidos de yegua con los que he pedido a Dulce que pague a nuestro ilustre visitante la deuda de una nueva equis roja en el mapa de la ciudad. Esa marca que, pese a todo, nos permite seguir existiendo.

En días como éstos, Genoveva le lleva al viejo su escoba en una silenciosa insinuación que ella, Hidalgo y yo sin duda comprendemos. Pero nada logra conmoverlo. Sin devolver palabra, permanece absorto en su retiro hasta que una puerta que nunca ha podido violentar, sobrecogido de miedo por el gigante que la resguarda, se abre de par en par como sus pulmones. Pues hasta entonces con los ojos bien cerrados se ha mantenido así, al borde de la cama, enfrentado a las aspas del ventilador que giran con una figura que sólo su imaginación descifra. Como si luchara a solas contra ellas. Contra todos sus enemigos.

# Tinta de pulpo

Wagner cruzaba los brazos bajo la nuca y sus piernas extendidas casi tocaban los pedales del automóvil. El respaldar de su asiento había sido echado hacia atrás y, por la forma en que respiraba, Ciro creyó que dormía. Calculó que necesitarían otra media hora más de vigilia: treinta minutos más y el malecón se limpiaría de deportistas y las putas lo gobernarían todo, enredando turistas, traficando pequeñas cantidades de droga. Más tarde o más temprano llegaría, se dijo Ciro. Las desgracias nunca son puntuales, pero siempre acaban por aparecer. A pocos metros de ahí, una mulata de greñas oxigenadas cruzó meneando su pequeño short, y él creyó reconocer en ella una señal del anochecer inminente que caía sobre Río. Ciclistas de regreso. Hombres en sudaderas. Predicadores. Nada fuera de lo normal hasta ahora, pensó. No obstante, al ver que la mujer se alejaba hacia el Calçadão de Matinhos sintió un leve desencanto, como si algo se le hubiera perdido con ella. Chupó el cigarrillo hasta que rozó el límite de la boquilla. Exhaló. Los días martes no habían sido hechos para trabajar. Eran días de oración en la iglesia.

Cuando no fumaba, Ciro hacía rotar una esfera de metal en su manaza negra. Se detenía, y nuevamente la hacía rotar.

Decía que eso lo relajaba.

—¿Vas a dejar de tocarte las bolas o qué, porra? —refunfuñó Wagner, sin abrir los ojos.

—No son mis bolas —se justificó Ciro—. Son las llaves de mi casa. Dentro del bolsillo tengo un regalo del babalaô, las llaves de casa y un pedazo de... —se detuvo—. Sabes que estos trabajos me ponen ansioso.

—Como sea, negro, párala ya. Sólo vas a conseguir que me contagie.

Vagabundos. Algunos peatones con prisa.

—Además, esta maldita radio que no funciona...

Wagner era todo lo contrario a lo que podía esperarse de un buen paulista: era aficionado al fútbol local, un apostador compulsivo y un juerguista; en suma, el hombre menos industrial que había conocido en toda la cuadrilla. El hecho de que lo hubieran alejado de las favelas para que desempeñara labores de ablandador en la zona sur hablaba bastante claro del modo en que había desempeñado su trabajo durante el último año. Y, sin embargo, esto no había perjudicado la opinión que Pinheiro tenía de él, pues, incluso ahora, relegado como estaba a tareas menores, atracos, palizas, custodias o desapariciones de chivatos o insolventes, eran pocos los malandros que se atrevían a contradecirlo por temor a verse envueltos en trifulcas con él, y era una precaución coherente, al menos, mientras durara su buena estrella con el jefe.

—¿Le has jugado al Corinthians de nuevo? —indagó Ciro.

Era una pregunta hueca, en realidad: sólo intentaba impedir que el otro se durmiera.

—Doscientos reales —confirmó Wagner, sin aspavientos—. Suficiente para no dormir, para no quedarse despierto. Este maldito limbo es el peor lugar en que pueden dejarte las apuestas.

Ciro asintió, mirando la calle.

¿No era eso lo que decía siempre? *Esto me va dejar en la ruina, negro. Tengo que ponerle un límite a esto.* Pero volvía: los adictos siempre terminan por regresar a sus vicios. A los mismos lugares, como los asesinos.

Allá adelante, las luces del paseo parecían langostas de ojos indiscretos asomadas sobre las palmeras. El mar se estremecía a doscientos metros, con un suave oleaje sin sonido. Una pareja andaba sin preocupaciones; ella batía unos hermosos muslos de yegua y él caminaba tirándole del brazo, como si sufriera con la exhibición de poder que daba su mujer. Difícil saber si eran novios; si sólo eran un proxeneta y su puta. Siguió las espaldas erguidas por el espejo lateral hasta que el reflejo de su cara marcada por la viruela se le posó encima, como una mosca, y no se le antojó tan desagradable como recordaba. Si no fuera por ella, después de todo, nunca habría conocido a Melba y por lo tanto nunca se habría enamorado de ella. Melba no se habría acostado con él la primera fiesta de São João. Y sin esa espléndida noche, en la gasolinera, él nunca se la habría llevado a vivir a São Clemente. No se habría bautizado. No estarían esperando un niño.

Se acarició la mejilla.

—¿Tú crees en la suerte, Wagner?

A su lado, el asiento rechinó como una articulación vieja.

—¿El azar, quieres decir?

—La suerte que nos toca a las personas —dijo Ciro, moviendo la cabeza—, me refiero a lo que hace que una persona sea de una forma y no de otra. —Sintió que las palabras correctas no parecían llegarle a tiempo—: me refería a si crees que existe la posibilidad de que alguien tenga inclinación a que las cosas le salgan bien, o si las cosas que hace uno son correctas o incorrectas sólo porque no podrían ser de otra manera –pensó–: un mundo sin alternativas, para ninguno. ¿Me dejo entender?

Wagner volvió a cerrar los ojos.

–No te diré que soy un filósofo, negro; pero una cosa sí te puedo decir acerca de la suerte. Lo único que yo sé es que la suerte no se nos presta ni se nos regala con el tiempo. Sólo se nos paga. –Chasqueó la lengua, como si algo le supiera mal–. De una forma u otra, la suerte que tenemos siempre se la quitamos a otro.

Abrió los ojos, como esperando ver algo.

–¿Tiene sentido eso, negro?

–Sí –dijo Ciro–. Tiene sentido.

Treinta años después, de Praia Mansa sólo permanece un delgado eco o la ridícula migaja del banquete que terminó por devorarse a sí mismo. Pocas cosas quedan de aquel lugar en donde se podía jugar al fútbol, su arena caldeada, incluso cuando la orilla había perdido gran parte de su superficie lamida por la marea alta. En el paseo abundaban puestos de comerciantes, ferias nómadas y un antiguo vigor de fiesta que ahora, simplemente, languidecía. Había inspirado canciones afligidas y de una suave sensualidad; le habían escrito poemas melancólicos, y los amantes se habían declarado amor eterno en sus paseos de piedra recién pulida y baldosas ondulantes que imitaban la corriente de un mar en blanco y negro. Ahora éste, no el verdadero, había perdido su hechizo hipnotizador, despintado por la humedad y los años. Ahora nadie parecía echar en falta su espíritu poético, salvo cuando un par de viejos lo recordaba en la televisión o algún alcalde mencionaba su gran aporte a esta comunidad, que creció gracias a su beneficio por más de cuarenta años. Es verdad que, incluso ahora, en pleno crepúsculo, lo siguen haciendo las putas y los malandros, viviendo a costa de extranjeros incautos y adolescentes desencantados que rondan aún como espectros por donde casi medio siglo atrás el mar se había engullido gran parte de la avenida Atlántica.

Sigue estando ahí la marca de su dentadura salada en el terraplén, sobre el que se levantan hoy miradores atacados por una pertinaz mata de hierba, perfecta para ocultar golpizas y homicidios sin culpa.

Hablando con la verdad, ambos eran los únicos que recordaban espontáneamente el apogeo de ese recodo de la zona sur, mientras jugaban al dominó en una vieja covacha del morro Babilônia. Mientras los recuerdos de su niñez afluían como un chorro caliente a su cabeza, su corazón y su mente preferían guardar silencio, como si quietos en otro lugar, intentaran mantenerse a salvo de cualquier debilidad. Pero había algo que no podía eludir. Como se lo había prometido a sí mismo, Ciro aguardó a que la primera carroça asomara su perfecta simetría en la ronda de fichas, para decirle a Cuaresma lo que había venido a decirle, mucho antes de venir a buscarlo.

Sólo le tomó cuarenta y siete minutos y tres partidas previas para que ese momento aconteciera.

—Entonces era verdad que me buscaban —dijo Cuaresma, mirándolo sin sorpresa.

—Es lo que he oído decir.

El doble seis permanecía erguido en mitad del tablero.

—¿Y te han dicho por qué?

—Wagner dice que Pinheiro soñó contigo dos veces esta semana. Soñó con una flor que crecía en mitad de una callejuela a oscuras, y con una faca que la cortaba por la mitad. Dice que ha estado inquieto, pensando en Mamboretá últimamente. Se ha entrevistado con el babalaô dos veces, y, orando, conversando con los orixás, babalaô ha descubierto que es el espíritu de Yemanjá que anda pidiendo desagravio para reparar la pureza que lastimó la guerra durante su fiesta. De cualquier manera, el viejo piensa que sería bueno borrar del mapa a los que sobrevivieron al Tatuado. Babalaô no se lo ha dicho, pero él ha interpretado que alguno de su entorno quiere tomar revancha en su contra.

Se secó la frente, con breves picotazos de su pañuelo.

—Comenzaron hace dos días, como ya debes saber —dijo, y después de unos segundos acomodó un par de piezas sobre la mesa—. Belego apareció muerto en Vidigal, un disparo en la cabeza, y algunos negros han estado desapareciendo en el interior con la excusa de ir por más mercancía. Al parecer sus sueños no se han detenido, y ahora eres tú el que más le preocupa.

Cuaresma movió la cabeza con cansancio.

—Si quieres mi opinión, Ciro —y su mano grande no tardó en engullir una de las fichas—, es lo más idiota que he escuchado en mucho tiempo. ¿Crees que no he deseado hacerlo alguna vez? Lo haría con mucho gusto, mi Dios. Mucha gente lo querría. Pero así como van las cosas, ni siquiera tengo dinero para comprar una faca: mucho menos para soñarla. Dudo incluso que, aun teniéndola, me dejaran acercarme lo suficiente como para clavársela a ese hijo de puta. Yo estoy tranquilo en mi área y trabajo lo mismo que con Mamboretá. Nada me sobra. Pero hay que ser un tipo demasiado burro para creer que alguien podría matar al viejo con una faca, sabiendo que lo siguen treinta tipos cada vez que sale a la calle.

—Pero es así —dijo Ciro, poniéndose serio—. Debo decirte que ya te han puesto una fecha encima.

—¿Cuándo?

—El veintitrés —dudó—, o el veinticuatro.

—Poco tiempo me han dado, ciertamente —su boca se estiró como una faja.

—Entonces estarás de acuerdo conmigo en que lo mejor que puedes hacer es escaparte un tiempo, hermano.

—¿Minas Gerais?

—Adonde quieras, siempre que no elijas la costa.

—Supongo que tendré que hacerlo.

—Tendrás que hacerlo —Ciro se impacientó; empezaba a sudar a chorros, no podía evitarlo—. Sabes que me juego el pellejo alertándote cada vez, viniendo hasta acá, a ésta que ni siquiera es mi zona. Es decir, tendré que hacerlo si te encuentro a partir de ahora. No me dejarías opciones. El primogénito de Melba llegará en cinco meses. Un niño, Cuaresma. ¿Te imaginas eso? Fuera de Río ella no tendría opción ninguna de sobrevivir. Mucho menos yo, que ni siquiera salgo sólo cuando voy de cacería por las noches —lo miró a los ojos, suplicante—: Ya sabes que así están las cosas.

—Supongo que no haré nada estúpido —dijo Cuaresma.

—Lo pasaría muy mal si lo hicieras, hermano.

—Lo sé. Yo también lo pasaría mal.

Tomaron el resto de cervezas en silencio hasta que secaron la botella. Cuando eso sucedió, jugaron hasta que ninguno de los dos quiso contar sus fichas.

—Niño, entonces —dijo Cuaresma.

—Sí: Brandão, como el abuelo. Nombre de navegante.

—Tal vez con ese nombre nunca le falte adónde ir. Podría llegar bastante lejos.

—Como tú.

Cuaresma, a pesar de todo, no se veía convencido.

—Minas Gerais debe verse muy bonita en esta época del año.

—Ten certeza. Cualquier lugar fuera de Río será más bonito el resto del año.

Amanecer delante de aquella discoteca de loiras y cretinos poderosos le había dejado una callosidad que lo hacía inmune a cualquier otro tacto. Podía ver con indiferencia niñas del brazo de turistas, jovenzuelos con labios pintados o ancianas despojadas por drogadictos sin experimentar sorpresa ni indignación alguna. La gente, en realidad, era un jaleo raro, aturdidor para él. Ciro se tapaba los oídos, seguía adelante. Puntualmente, todos los días martes rezaba junto al babalaô con ese sueño conveniente, pensando con frecuencia en singular, acaso en Melba o en su futuro hijo, Brandão. Poco importaban los vagabundos, las parejas en busca de oscuridad, los pequeños traficantes que hacían trapicheos nada rentables, su porción de mercancía adquirida, los hombres y las mujeres devueltos cuesta arriba con menos esperanzas que antes. El encuentro con Cuaresma, cinco semanas atrás, lo había llevado a creer que el círculo vicioso por fin se había cerrado. Que él podría intervenir, quizá, en algo que no sería su propia vida. Se equivocaba, claro: los perros domesticados nunca están sobradamente encadenados a su conducta, a su temperamento fiel, a su afecto de costumbres. Él debería saberlo mejor que nadie.

Mientras la primera puta se acomodaba las tetas bajo el vestido de hilo blanco, Ciro recordaba la voz aflautada de Wagner metiéndose a través de sus sueños; lo despertaba otra vez de la blanda y sosegada modorra en que lo había abandonado la comida de Melba, el ridículo quejido de latón que la fusca arrastraba habitación adentro como un sabueso, hasta que el agudo viento alcanzó su dormitorio, su cama, el cielo raso y las profundas grietas de humedad que tardó algunos segundos en identificar como suyas.

Cuando abrió los ojos, Melba lo miraba fijamente, apoyada contra la puerta.

–¿Quién es? –farfulló Ciro.

–Wagner –dijo Melba.

Su cara lustrosa le hablaba sin voz. Una urgencia contenida le callaba la boca. Mientras descifraba la silueta de su mujer cortada por la mitad, la media luna que abultaba su bata, insistió, rezongando, recostado sobre la cama.

–¿Y qué quiere conmigo?

–Que salgas, dice.

Ciro consiguió sentarse en la cama.

Se restregó los ojos.

–Sí, a Cuaresma, negro. –El automóvil jadeaba con un rugido impaciente cuando llegó a la puerta de la calle–. ¿Recuerdas cómo se nos escapó la última vez? –Wagner se apoyaba junto a la ventana; le hacía espacio para que subiera–. Pero he estado averiguando por mi cuenta. Haciendo preguntas. Y esta mañana el Alemán ha dado con él, en Praia Mansa. –Volvió a recostarse. La espalda le dolía. No cerró los párpados otra vez. Ahora él también contemplaba la avenida Atlántica, la mirada fija en el muelle–: Sólo tenemos que verificar si el soplo es de fiar. Tú sabrás identificarlo mejor que yo desde aquí. El viejo mismo dice que tienes los mejores ojos de Río. «Por las noches es como un gato negro», me dijo. «Nunca le ha temblado la muñeca.»

Se levantó de la cama.

–¿Cuaresma? –preguntó Ciro, incrédulo–. ¿Estás segura de que ha dicho eso, Melba?

Ahora, Ciro dudaba. Pero Melba estaba ahí con él: le apretaba una mano flácida, unos dedos esponjosos, sin huesos, y supo que no mentía. Vio cómo movía la cabeza lentamente, de arriba abajo.

–Cuaresma –repitió el Alemán, asintiendo–. El mismo cara que buscabas. Hoy estuvo de nuevo, lo vi caminar hacia Babilônia. Solo.

–De modo que tendrá que pasar por aquí –dijo Wagner, echando una calada por la boca–, más tarde o más temprano, ese hijo de puta tendrá que pasar delante de nosotros.

Ciro apretó su bola.

–Esperaremos, sólo eso.

Eso, y un par de pistolas recién cargadas, era la única estrategia que tenía Wagner en mente. Lo demás, como siempre, lo había dejado a la improvisación.

A través del parabrisas, un negro lanzaba piedras contra la arena.

Tres caras con pinta de niñatos se metieron en una Land Rover y desaparecieron. La tercera puta se acomodaba las tetas bajo un vestido elástico. Y a pesar de la noche, podía verla mimetizándose con el color violeta del mar. Vagabundos. Drogadictos. Un hombre grande que caminaba fatigosamente en dirección a Matinhos.

Ciro pensó en la falsa rubia, pero la sensación de pérdida no se repitió nuevamente.

Era él.

Wagner le movió el brazo.

—¿Negro? —dijo Melba—: Despierta, negro.

Entre las matas feroces de Praia Mansa, Cuaresma todavía se revolvía, respiraba con dificultad, se presionaba la boca del estómago como si algo se le hubiera roto por dentro. Era un pez dando los últimos coletazos fuera del agua. Delante de él, Ciro reía. Tenía la pelota atrapada bajo la axila.

—¿Te vas a revolcar toda la tarde como una hembra, negrote?

Cuaresma era torpe y rudo, por eso Ciro siempre lo animaba para que peleara con los más grandes.

Estiró su mano; pero esta vez no se levantó.

—¿Y bien? —dijo.

—¿Vas a levantarte o tengo que patearte la cabeza para que lo hagas de nuevo, cagón, tragamierdas? —Wagner se volvió hacia Ciro—. ¿Te parece si le rompemos las piernas antes de dispararle los huevos? ¿O le damos de puntapiés hasta que vomite sus dientes?

Cuaresma lo miraba igual. Los mismos ojos lavados, amarillos. Aunque la sangre le peinaba la cara, los rasgos de su rostro circular y su cabeza al rape seguían siendo los mismos. Casi nada lo había alterado el tiempo. Seguía siendo el mismo negro obtuso que nunca había sabido retirarse a tiempo de ninguna pelea. ¿Había tenido sentido que se arriesgara por él? Sintió que Wagner esperaba. Sabía que una palabra dicha hubiera sido suficiente para forzar la situación que nunca llegó; tal vez para alterar el orden de ese quieto libreto que ya se habían impuesto mucho antes de verse las caras a través del vidrio. Pero incluso al reconocerlo, cuando el cuerpo macizo de Wagner lo bloqueó sin darle oportunidad de escapar, Cuaresma no había dicho nada para incriminarlo, ni siquiera una tentativa de clemencia o vacilación. Mirándolo desde arriba, inofensivo ante su autoridad, Ciro supo enseguida lo que tenía que hacer.

Apuntar directamente a la cabeza siempre había sido lo más fácil.

Y así lo hizo: disparó.

—¿Qué mierda crees que has hecho, negro?

—¿No lo has visto acaso? —el calor de la pistola todavía le atrapaba la mano—. Maté al tipo. ¿No era eso lo que quería Pinheiro?

—Sí... porra... pero antes debíamos darle un buen escarmiento. ¿No te lo dije en el auto?

Ciro miró su reloj de pulsera: eran las nueve y veintisiete de la noche.

—Si nos damos prisa todavía podrás ver el segundo tiempo del partido. Yo me iré a la iglesia, a rezar —sus ojos miraron el suelo, la mancha negra que empezaba a acercársele, intentando tocarle los pies—. Los dos en paz, con nuestras conciencias.

—Negro, negro —repitió Wagner.

Volvió sobre sus pasos y pateó un buen rato la cabeza de Cuaresma hasta que le abrió el cráneo. Luego hizo otro tanto con las costillas y los brazos. Lo pateó un buen rato hasta que Ciro lo detuvo.

—Ahora sí, dale —dijo Wagner, agitado—. Descárgale todos tus tiros.

Ciro disparó hasta que su percutor le devolvió el crujido inofensivo de un encendedor.

—Mucho mejor.

—Pinheiro estará contento ahora —repitió Ciro.

—Así es, vamos.

Caminaron sin darse prisa haciendo sonar el suelo de piedritas. Y cuando por fin llegaron al fusca amarillo, Wagner incluso parecía de buen humor.

—Me ha ensuciado el zapato, este hijo de puta.

Las luces de la avenida Atlántica, sus suaves farolas amarillas, parecían cosidas a la costa por un pulso disparejo que las extendía hasta casi tocar la playa de Leme. Un par de niñas avanzaban por ella, una sujeta del brazo de la otra, como si fueran compañeras de compras en un agitado mall. De cuando en cuando sus manos se deslizaban con una calculada gravedad hacia las piernas escuálidas de la otra o se adherían con sutileza, sus traseros como un par de capullos a punto de explotar en sus diminutas mallas. Tocando su bola de metal, Ciro se sintió inmune a todo. Sintió que el callo que había permitido que se formara ya se había endurecido hasta convertirse en una piedra. Una piedra que, sin embargo, todavía latía.

El auto se puso en movimiento.

—¿Me dejas en São Clemente? —preguntó, mirando la calle, la dirección inversa a la que solían tomar.

Wagner no contestó.

Durante el camino, los altos edificios de la metrópoli le parecieron señoras espigadas, mujeres envueltas en joyas, habituadas a la indiferencia.

Ellas brillaban; ellos sólo oscurecían.

—Míralo de esta forma —dijo Wagner, encendiéndole un cigarrillo—. El babalaô no se va a enojar contigo porque no hayas ido a la iglesia hoy. Pareces tonto, Ciro. Preocuparte por eso. Yo, en cambio, estaría agradecido con Pinheiro, ahora que te ofreció un trabajo estable, lo suficientemente decente para que puedas pensar en el futuro, para que puedas tener un buen lugar para criar a tu hijo. Ni que fuera tonto, ¿no? Él siempre ha querido que cuides bien a su hija. Lo único que te ha pedido a cambio es agradecimiento.

Condujo en silencio hasta que los suburbios de Tijuca, cercanos a la floresta, oscurecieron el camino.

—Anda, te invito una cerveza mientras vemos el fútbol. —Sesenta kilómetros por hora, miró Ciro en las fosforescencias del tablero.— Anda, te sentará bien, negro. Unas cervecitas antes de meterte a la iglesia, a rezar, ¿eh? —aceleró el fusca—. Ciento veinte reales al Corinthians, nada menos. ¿Te imaginas eso, negro? ¿Lo que podríamos hacer con eso?

Se rió imaginándolo, saboreándolo acaso, pero se contuvo enseguida.

Residencias espaciadas. Paredes largas de ladrillos. Luces casi al ras del suelo. La marcha diagonal.

Nada parecía terminar esa noche.

—¿Crees que Pinheiro haya soñado con él, como dice? —Ciro quería pensar en otra cosa, pero había estado dándole vueltas al asunto y necesitaba saberlo ahora, mientras Wagner se acercaba a donde ya no le cabía duda que iban—: Es decir, siendo francos, Wagner... una vez a hablar... ¿toda esa mierda tiene algún sentido realmente para nosotros?

Aunque mantenía los ojos atentos en la autovía, sabía que su compañero no dejaba de vigilarlo.

Era parte de su trabajo.

–¿Quieres saber la verdad, negro? –volteó dos segundos exactos, los suficientes para enseñarle que sus ojos se habían vaciado de pronto.

–Sí, me gustaría saberlo.

–Bien –dijo Wagner, regresando a la pista–: te lo diré. Sus sueños sólo fueron tinta de pulpo. ¿Sabes a lo que me refiero?

Ciro movió la cabeza.

–Los sueños sólo nos dicen lo que no queremos oír. Así que se disfrazan para llegar hasta nosotros. Se arrastran, nos atrapan cuando nos hallamos más indefensos y entonces nos echan todo lo que esconden encima –su voz era ahora profesional, neutra–. Como los pulpos. Nos distraen con su tinta negra mientras escapan. Se largan, pero nos dejan sucios con toda la mierda que tenían dentro. –Sonrió–: Tinta de pulpo. Suena bien eso. ¿No crees?

Pero Ciro no lo comprendió del todo.

–Bah, negro, ya lo entenderás cuando lleguemos.

–¿Era sólo para distraernos, entonces? –insistió, sin embargo.

–Míralo de esta forma –dijo Wagner–, si Pinheiro sueña, no es precisamente con los muertos.

A través de los cristales, la casa de Pinheiro, los autos reunidos en la oscuridad del portal, eran manchas apenas perceptibles para los fantasmas que los guiaban. No tardarían en volverse formas concretas como Wagner había prometido. Ciro pensó nuevamente en el perfil de Melba. Y apretó con fuerza la bola de metal en su bolsillo.

–Sueña con los vivos, sobre todo –repitió Wagner, con una media sonrisa que esta vez no fue amable.

De alguna manera, Ciro empezaba a comprender.

–Y con los que todavía no saben que lo están –dijo, viendo que los esperaban fuera.

–Te equivocas, en esos piensa con frecuencia Pinheiro, incluso estando despierto. En los que no lo saben y en los que todavía no viven del todo.

Miró una silueta junto al vidrio, justo cuando el motor del fusca se apagaba.

–Es mejor que dejes tus llaves aquí –dijo Wagner, abriendo su puerta–. No vayan a creer que tienes una pistola en el bolsillo.

–Da lo mismo, Wagner. Ya sabemos que la mía sólo podía llegar hasta aquí como un carnicero sin dientes.

Aun así, sintiendo cómo el aire fresco le pegaba la cara, Ciro dejó las llaves y su pistola sobre el tablero.

–¿Crees que lo criará bien? –preguntó.

Casi habían llegado a la puerta de la casa cuando lo dijo.

–Sí –dijo Wagner, impaciente–, mírame a mí.

Sonrió.

–Tu hijo será un hombre con suerte.

# La isla

*A mis padres, por invitarme a este viaje*

# 1

Guilherme recuerda esa tarde en particular, porque era un día afilado y transparente. Un bote pequeño hacía surcos frente a la isla. Capitán Nemo conducía y Luizinho, su padre, esperaba el momento apropiado para desaparecer. ¿No era eso lo que siempre había hecho al llegar al límite impreciso del mar? ¿Sumergirse, desaparecer? Pero algo lo contuvo esa tarde. Guilherme lo recuerda ahora que esa frente remangada, brillando sin animosidad, lo observa quieta, displicente, como una bestia domada por el tiempo. A pocos metros de ahí, exactamente en el mismo lugar en que lo dejó su memoria, el estómago color de arena de un gran pez sigue emergiendo desde las profundidades del mar, y ese significado, oculto hoy como entonces, realmente se hace importante en su vida. No es más la bestia plateada que se debate con fuertes coletazos mientras tira del hilo brillante; no es más el enrevesado furor entre las mallas el que se apaga quietamente bajo la insolación del atardecer. Aquella imagen que sería desde entonces la muerte para él, flotando boca arriba y casi tan blanca como la esfera del sol vista de frente, no llegó como otras veces con la tensión de su brazo, ni con el anzuelo recobrado de unas fauces que bregaban por no dejar de respirar fuera del agua. Vino así, de improviso; silenciosamente, como la exhalación de una burbuja. El pez arrullado por un movimiento demasiado quieto, incluso para ser el de un animal muerto. Quieto en la proa, Guiraldes aseguraba que era lo más extraño que había visto en su vida. Y Luizinho recordaba, mirándolo sin respuestas, que era cierto.

Cuando salían a la ciudad, Guiraldes los acompañaba a menudo en ese gran coche negro con asientos de cuero y ventanas automáticas. En verdad, Luizinho nunca saldría a la isla sin aquel gigante de sonrisa y brazos categóricos al que lo unió siempre un extraño afecto. A veces su padre se zambullía, lo veía bracear, sacudirse al alcanzar la arena; otras veces permanecía en la isla durante horas. No le molesta recordarlo así: conocer a Guiraldes en la lancha a solas, sus historias en altamar, mientras una lectura en la escuela le proporcionaba la costumbre de llamarlo en adelante Capitán Nemo. Desde entonces, siempre será Capitán Nemo para él. No importa cuánto explore en su memoria, Guiraldes siempre obedecía cuando Luizinho señalaba la isla, y el sonido del motor ocultaba lo que los hombres se decían casi a gritos en la proa; la voz de su padre dando la última, definitiva confirmación, antes de desaparecer. Por eso, mientras Capitán Nemo arrugaba el agua con las extremidades de la embarcación esa tarde, a Guilherme no le sorprendió que Guiraldes hubiera respondido con absoluta docilidad, remando quietamente hasta que el pez estuvo a su alcance, ni que Luizinho estirara su brazo y regresara con el animal goteando en el estómago de su red pocos segundos después de atraparlo. Una vez en equilibrio, tendió la presa a un lado de la canasta y, apoyándose en un tablero, limpió sus escamas y lo destazó con paciencia en varios pedazos regulares.

—Tenemos cebo para media hora más de pesca —dijo Luizinho, como si esa serenidad para entender la vida lo resumiera todo.

Pero fue Capitán Nemo, acostumbrado a una simplicidad incluso más esencial, quien le dio la explicación que buscaba:

—Era un pez viejo.

Esa tarde pescaron poco, devolvieron dos anguilas al mar y Luizinho, que no tardó mucho en volver de su excursión a la isla, debió admitir que había sido una mala idea utilizar una carnada devuelta por el océano. «Lo que el mar devuelve, nunca más lo acepta de regreso». Esa tarde su rostro revelaba un pliegue nuevo, apenas perceptible bajo la textura del agua que no se apresuró en secar al subir a la lancha. Se mantuvo silencioso mientras evaluaba la pesca de los otros dos y, hasta que ordenó que Guiraldes tirara de la cuerda y el motor encendió su rugido de aceite, no volvió a decir palabra.

Cuando la isla era, en la perspectiva, una figura que podía atrapar su dedo, su rostro se suavizó y su cuerpo ya se había secado.

Pasó el resto de la tarde con una sonrisa triste y un ánimo oscuro que Guilherme capturó enseguida, pues no llegó interrumpida ni por palabras calladas por el motor, ni por el aire, ni mucho menos por el balance adormecedor del regreso. Hasta donde tiene recuerdo, ha quedado una mueca que Capitán Nemo apaciguó con complicidad, pero también con una velada molestia.

Tiempo después, Guilherme aún recuerda su malestar, pero por motivos distintos.

Esa tarde, frente a la isla, no pescó nada.

# 2

A papá se lo llevaron hace seis horas. Costó trabajo meterlo en el cajón en que finalmente lo embarcaron con dirección al cementerio. En los últimos años había engordado tanto que incluso fue difícil hallar un traje adecuado para él, él que siempre había sido digno y elegante, y merecía despedirse de la vida del modo tan honorable como llegó a ella. Los trámites de la muerte exceden siempre nuestra propia capacidad para el sufrimiento, pensaba mientras las gestiones en el tanatorio me mantenían al margen de todo. Fue la única conclusión que decidí conservar conmigo al final del día. La vida nos imagina a nosotros, y de pronto un día cualquiera es hoy, te miras al espejo, te sientas a una mesa, abres un álbum de familia y sabes bien que alguien te vio llorar, escuchas a quien lo dice, con atención, con cierto escepticismo, como si te contaran un cuento de hadas lleno de contradicciones. Pero la muerte, en cambio, nos exige que la imaginemos severa pero condescendiente, como si fuera una vieja institutriz plagada de virtudes que toma mucho tiempo apreciar. Finalmente nos llevamos el mismo secreto que entonces, con desesperación, quisiéramos que alguien compartiera con nosotros. ¿Nos veremos de nuevo alguna vez? Por último, terminada una larga jornada de seguros y pagos en lugares dispuestos a ser sensibles a cambio de una buena cuenta, la muerte de Luizinho, mi padre, fue exactamente lo que fue, no su maquillaje cargado de compromisos ni formalidades ni absurdos trámites evasores. Fue apenas su muerte, esa fría conveniencia que me había permitido canalizarla como él mejor lo hubiera hecho. Es decir, trabajando. Por fin, de pie frente al ataúd que cuatro horas antes había ayudado a cerrar, pude llorar a solas, extenuado y vencido por mis propias fuerzas. Con el atardecer encima fueron llegando los demás, personas que conocía, que reconocía, que supe que lo conocieron. Todos tuvieron palabras amables. Me dieron la mano. Me dijeron cuánto lo sentían. Comprendían, como yo lo había hecho, que habían envejecido de pronto con esa muerte. Sin darme cuenta, buena parte del lugar se llenó de hombres de su edad, de la edad que hoy tendrían socios, amigos de la infancia muertos antes que él. Para todos ellos tuve palabras de agradecimiento y me mostré comprensivo, tanto como lo hicieron mi esposa y mi hijo cuando los requirieron, su dolor indirecto, sometido a una prueba de fidelidad distinta. Ellos habían tenido más facilidad para debilitar su tristeza que yo, y sabiéndolos fuertes los dejé en el salón, y fui a buscar un asiento libre y tal vez algún consuelo en el corredor de la calle. Algunas personas fumaban junto a la puerta; y entre ellas alguien caminaba con dificultad, ayudado apenas por un bastón metálico. Ahí estaba, después de cinco años, João Guiraldes. Durante cuatro años estuve fuera, y el último verano que papá pasó fuera del hospital decidió prescindir de él porque ya estaba viejo y necesitaba descansar (ambos necesitaban descansar, dijo), y yo nunca encontré el valor suficiente para visitarlo en el asilo de enfermos donde me comentaron que vivía encerrado en sus cataratas cada vez más azules. La distancia que no era mucha me dejó verlo desorientado, algo que atribuí a la tristeza de la pérdida. Era la primera vez que lo veía perder ese equilibrio perfecto que le educó el servicio a mi padre.

Me acerqué hasta él, intuyendo equivocadamente que no me reconocería.

—Capitán Nemo —le dije.

João Guiraldes volteó sin sorpresa, y sólo entonces comprendí que estaba ciego. Sus ojos, fijos en mí, estaban laqueados por una sustancia lechosa que me recordó vagamente el color de los reflejos marinos. Pensé, sin intención, en los ojos de los pescados fuera del mar: aquellos que nos miran fijamente traspasados por el sol.

—Guilhe... —dijo instintivamente. Vi que su rostro adquiría una ternura ruda, sutilmente conmovida—: cuánto siento lo de tu padre, niño. Me enteré hoy por la tarde y he venido en cuanto pude...

—Te lo agradezco mucho —lo interrumpí, no quise terminar de escuchar su consuelo—. Sabes que tienes tanto derecho a estar aquí como yo.

Negó con la cabeza, pero le cogí el brazo con suavidad y le agradecí nuevamente. Me sentía extraño sabiéndome más grande y fornido que él, pese a que había crecido a su lado casi toda mi vida admirando su portento de roble. Su brazo, entre mis dedos, era como un jarrón delicado que temía lastimar. Así que insistí. Se lo hubiera podido decir toda la noche porque era cierto, porque se lo merecía, porque, sin duda, así lo hubiera querido mi padre. Lo llevé a uno de los asientos en el corredor y, ayudado por mi brazo, consiguió sentarse. Cogí su bastón y lo apoyé contra la tapia.

—Tu padre era un hombre bueno —dijo al rato, cuando ya no supe preguntarle más sobre su vida. Ahora sabía que estaba retirado, que vivía en una casa de inquilinos pudientes, y que las enfermeras ya no creían necesario estimular su autonomía ni sus ganas de sentirse joven y útil otra vez.

—Pero son lindas personas —sonrió, sin malicia, señalando la puerta de salida—; de hecho, una de ellas me acompaña hoy. Está esperándome allá fuera. No pienses mal. Es una chica generosa conmigo, y me cuida mucho más de lo que debiera.

Sonreí y supe que él lo sabía. No miré a través del vidrio.

–Soy un pobre viejo sin ojos, pero sé mirar muy bien las cosas –suspiró–. ¿Te das cuenta? Si no hubiera sido por tu padre estaría pidiendo limosnas en una esquina sin luz, o muerto, atropellado por alguien con demasiada prisa o por mí mismo, muerto por cualquiera que no podría haber visto llegar ni detener a tiempo... Un hombre a quien sólo le dieron el don de la fuerza, sin sus ojos, es sólo un estorbo para el resto de su cuerpo... pero tu padre, niño...

Quise decirle que tal vez no se hubiera vuelto ciego de no haber trabajado con mi padre, pero evité echarle a perder la imagen que tenía de él, sólo por hacer alarde de un estúpido ejercicio de retórica. Después de todo ya no tendría más imágenes nunca y quise respetar eso. Además, era cierto que mi padre lo había ayudado más que ninguna otra persona; tal vez mejor que nadie y que eso ciertamente tenía valor para alguien que no tenía nada, salvo agradecimiento.

Sobrevino un momento de silencio incómodo, pero Guiraldes se contuvo y no lloró. Yo terminé por pensar que los ciegos no podían llorar, lo cual me distrajo hasta que un frufrú nos hizo sombra y levanté la vista y ahí estaba ella. Antes de que pudiera verla, parada entre nosotros, Guiraldes saludó a su enfermera:

–Daniela –dijo, alzando un poco la voz–: éste es Guilherme...

La mujer, una dama enjuta y aséptica, estiró su mano hasta que tocó mi hombro:

–Lo siento mucho, señor Fonseca.

«Señor Fonseca», repetí, midiendo las palabras. Sentí que le hablaba a mi padre y dije gracias más por inercia; pero algo en la escena me resultó intolerable, y sentí que no podía seguir mirándola a los ojos, ni a sus leotardos blancos ni mucho menos a sus zapatos homogéneos e inmaculados. La mirada que tenía encima de mí, que me traspasaba y lograba mirar más adentro que ninguna otra persona en esa sala llena, era demasiado fuerte para ser compartida por alguien. No lo soporté, no quise soportarlo, pero aún así dije gracias. Agradecí educadamente como lo hubiera hecho el señor Fonseca. Era mi tarea ser comprensivo y tener palabras amables.

Aparté la vista de su falda y me incorporé.

Era una mujer alta.

—Gracias por acompañarme —dije, de prisa.

—Sí —dijo Guiraldes, intentando ponerse de pie.

Entre la enfermera y yo lo ayudamos; le dimos su bastón y quedó rígido y titubeante.

—Voy a darle el pésame al resto de la familia —dijo, encontrando por fin las palabras.

—Lo acompaño, señor.

Sabía que no se acostumbraba a ser tratado así: él, que siempre había estado del otro lado. Lo tomé del brazo y caminamos hacia el ataúd. Pensé que sería un trayecto inútil porque tampoco podría verlo; pero insistió tanto en llegar y luego en darle el pésame a mi mujer y a mi pequeño hijo que no conseguí negarme. Cuando por fin estuvimos junto a mi padre muerto, sentí que Guiraldes se apretaba más fuerte de mi brazo y que su corazón latía acelerado. «Tiene el cuerpo hinchado», dijo en voz baja. No me atreví a preguntar ni supe si me lo decía a mí o si se lo decía a sí mismo o si se lo había dicho, en realidad, a mi padre. Lo miré con curiosidad y noté que temblaba. Conmovido, pero sabiéndose observado, se santiguó y solicitó que saliéramos. La gente nos miró pasar hasta que llegamos al corredor y a sus sillas vacías, a las personas fumando bajo el umbral, como si no hubiéramos ido a ningún lugar entretanto. Entregué al hombre viejo que tanto me había cuidado y al que tanto quería, y la enfermera que lo recibió pareció entender lo que este simple hecho significaba para ambos. Al momento de despedirse, Guiraldes, Capitán Nemo, me dio un abrazo, y su aliento, amargo e ineludible como la vejez, me golpeó de lleno el oído:

–¿Quieres conocer la isla? –me dijo.

–¿Cómo? –respondí.

–Conocerla... lo que hay más allá de la orilla, en tierra firme. ¿Quieres verlo?

## 3

Luizinho nunca quiso tener un hijo. En realidad, nunca tuvo tiempo para pensar que tendría uno hasta la tarde en que Nuria lo sorprendió con la noticia de su embarazo. Tal vez Nuria tampoco lo quisiera; pero su naturaleza sumisa y poco ambiciosa se adaptó mejor que él a la situación, y fue finalmente el ímpetu que demostró tener frente a su maternidad inalterable la que terminó por contagiársele a su novio y luego a su futuro esposo. Nueve meses después Luizinho fue padre. Un hijo varón, con la salud recia, lo recibió dando gritos en la sala de partos hasta que se puso morado, y él, conmovido por la experiencia, lo bautizó como Guilherme porque le recordó a su abuelo paterno, un mercante portugués que lo saludaba a gritos cada vez que lo identificaba en la vieja dársena de Santos. Cinco meses después aceptó dejar la universidad con la promesa de recuperarla más tarde. Empezó a trabajar en la tienda de su padre, un próspero bazar de ultramarinos, donde se estrenó como auxiliar contable y fue ascendiendo hasta ocupar el puesto de gerente administrativo. Dos años después, cuando Luiz padre –apresurado por una salud minada por la diabetes– decidió jubilarse y dejar la dirección en sus manos, Luizinho consideró que ya la experiencia le había enseñado todo lo que debía sobre negocios, y la idea universitaria nunca se le volvió a plantear como un infortunio del que debiera arrepentirse. Tenía en Nuria a una esposa dulce y convencional. Y en Guilherme, que crecía a raudales, un futuro que le sonreía con los hoyuelos más hermosos y una perspectiva de la vida completamente nueva. El ciclo tranquilo que le ponían delante y que tendría que terminar a solas, era, después de todo, una promesa que aceptaba sin miedo ni alternativas. Era curiosamente un síntoma que comprendió formaba parte de la madurez, y que llegaba con sus pesados pies de hábitos, silenciosos y pacientes, y que con ella el tiempo se suavizaba, elegía su ritmo y su propia forma.

Pero entonces llegó la enfermedad.

La tarde en que los doctores los enviaron a la ciudad para que Nuria descubriera los motivos que provocaban el dolor en su bajo vientre, Luizinho tenía veinticinco años y supo enseguida que nunca regresarían como se fueron. Recuerda que durmieron esa noche en un hotel, como no lo habían hecho la noche de su boda, apresurada y austera, y que Nuria durmió confortada, no tanto por sus abrazos como por un tranquilizante que le hipnotizó el malestar. El hospital era grande y frío, y quedaba al final de una avenida tumultuosa donde milagrosamente terminaban los ruidos. Esperó en el corredor, un esófago de losetas blanquísimas, hasta que una de las enfermeras le concedió el permiso que había esperado más de la cuenta. Los médicos fueron concretos y él lo agradeció. Dijeron que el útero nunca había sanado de un desgarro natural, probablemente ocasionado al dar a luz y que solía suceder cuando el niño sobrepasaba los nueve meses, como fue el caso, y el cuerpo de la madre era demasiado pequeño. Cáncer, resumió el médico más honorable, y luego enfatizó que el tumor se había enraizado en el cuerpo haciendo metástasis y que no había solución posible, salvo un tratamiento de radiación. Con la mano atrapada esa misma noche, Nuria dijo que acaso estaba previsto que nunca tuviera un hijo, que era muy pequeña para parir, como le había advertido su abuela; pero que era un sacrificio, y que siempre, de una forma u otra, se daba una vida a cambio de otra. Luizinho recuerda que lloró cuando ella se quedó dormida por fin, porque imaginó que ya no despertaría nunca más, y cuando murió, dos meses después, ya casi había aceptado que había muerto, pues el último espasmo se llevó sólo el pedazo final de un cuerpo que permanecía intacto apenas por una fuerza de voluntad que combatía con las pocas ganas que tenía de quedarse. El día del funeral el sacerdote leyó un salmo, su voz arrullando el cabello del pequeño Guilherme, recostado sobre el hombro de una tía anciana habituada a la comprensión y a los consuelos. Al terminar, Luizinho agradeció al sacerdote, le dio un beso a su hijo y condujo alrededor del pueblo hasta que agotó la gasolina del coche.

Cuando le preguntan a Guilherme si recuerda a su madre, él responde que no. Pero a menudo tiene la impresión de estar mintiendo, como lo hacen los niños pequeños cuando han hecho alguna travesura. A veces siente culpa cuando apaga las velas de una torta y sabe que, en cierto modo, celebra la muerte de la mujer que le permitió apagarlas. De muchas formas, su padre ha sido todo para él. Y, aunque a veces ha echado en falta su compañía –que valora precisamente porque es escasa–, siente que lo respeta y admira y nunca ha dejado de acompañarlo cuando ha necesitado su apoyo. Por lo demás, lo que Guilherme nunca sabrá es que su madre pudo gozar muy poco del vigor industrial con que Luizinho sustituyó su aflicción por una inusual tenacidad que lo llevó a convertirse en el hombre más adinerado del pueblo. Guilherme lo recuerda alto y elegante, con ese aire de prosperidad prematura, despidiéndose durante una excursión a los pantanos, el día de la primera clase en la escuela, la visita al dentista o la primera vez que lo llevó a conocer la isla. Entonces conocía ya al Capitán Nemo, aunque lo llamaba Guiraldes mientras lo llevaba a la escuela, atravesando los campos verdes de su pueblo hasta que empezaban los suburbios y luego nuevamente arremetían una pendiente de robustos y verticales pinos y el muro de ladrillos que cercaban la categoría que Luizinho siempre quiso para la educación de su único hijo. Cada vez que preguntaba por qué se quedaban a solas en la lancha mientras su padre nadaba en dirección a la isla, el hombre que lo acompañaba respondía que habría de comprenderlo cuando fuera mayor. Cuando se hizo mayor ya no le importó saberlo, y no preguntó más. Cuando niño le alegraba descubrir que su padre sacaba la cabeza como una explosión de espuma, un año nuevo junto a la embarcación, y él reía porque la pesca esa tarde había sido buena y todo volvía a la normalidad cuando Capitán Nemo levantaba el ancla y regresaban a la playa. El coche. La vegetación. El cerco de ladrillos claros. Una mujer negra que cocinaba con habilidad lo que cada fin de semana celebraban los amigos de su padre: hombres elegantes y altos como él, a oscuras sus risas que nunca se aplacaban mientras dormía. Luizinho nunca se volvió a casar. Cuando se lo preguntó, años más tarde, dijo que no había encontrado a nadie que le hiciera olvidar a su madre; que a veces morirse es mucho mejor que no morirse del todo. Cuando lo veía alejarse allá lejos, en la orilla, ese pedazo de tierra que sobresalía en el océano como la rodilla de un gigante, Guilherme pensaba en lo pequeño que parecía su padre y la contradicción regresaba a su vida. Luego pescaba, esperaba inclinado contra el mar, deformaba su cara con un dedo, luchaba contra el impulso que venía de abajo y veía cómo Capitán Nemo les rompía la boca a sus peces para rescatar el anzuelo, cómo hacían arcos en la canasta y cómo los dominaba con su brutalidad tierna y protectora, golpeándolos con una tabla hasta que no se movían de nuevo. Ahora, cuando recuerda ese tiempo, reconoce que al volver a tierra sus sueños nunca fueron más profundos. Y echa de menos esa misma paz, aunque a veces piensa, mirando a la mujer que respira a su lado, en la oscuridad, que es un hombre feliz. Y muchas veces él también olvida, cierra los ojos y duerme profundamente.

## 4

Somos mi padre y yo, un verano hace cuarenta y cinco años. Lo veo otra vez hacia arriba y es el mismo vaquero alto de camisa a cuadros y pantalón crema que enterré dos semanas atrás, menos alto, menos vaquero. Sus cabellos no son grises sino negros como la montura de sus anteojos, y cuando habla, el motor de la lancha tritura sus palabras; pero sé que dice algo sobre la isla, porque señala con su dedo y el otro asiente, asiente un hombre seco por el sol, João Guiraldes, siempre Capitán Nemo. Yo miro el cordel tenso, la humedad de su filo luminoso, y la rigidez del sedal corta la espuma del mar como si fuera la más prodigiosa de las navajas. Sé que a dos kilómetros queda la orilla, las construcciones que se levantan en la homogénea claridad de la arena que forma dunas y jorobas compactas; que más allá los arbustos detienen el implacable avance del desierto, y que ahora ya no hay más arbustos y que el desierto se ha detenido como un animal prehistórico tumbado bajo el peso de su grupa exhausta, vencido por el sol y la soledad. Qué más da pensarlo ahora si vuelvo a mirar atrás y en el sitio del que partimos sólo hay casas diminutas que no tardan en desaparecer, sombrillas abiertas como las branquias de un gran pez respirando oculto bajo los maxilares de una ola que lo engulle. Algunos niños montan cocodrilos, y a un kilómetro del mar flotan neumáticos como náufragos sostenidos por milagrosas boyas. El mar continúa ahí. Sus lenguas. Sus significados. Sentimos su arrumaco, sus fosforescencias bajo el sol fuerte de marzo, los chapoteos que sus ondas deshacen contra la proa, y nos levanta y cómo nos deja libres. Pero el motor termina su descanso, y Capitán Nemo tira ahora de la cuerda y las hélices del motor gruñen, se alejan del muelle y un viejo y caldeado aceite que borbotea dentro se apodera del camino. Mi padre sonríe y sé que el sol se duplica en sus gafas, y que una balsa domina las olas con un viejo marinero en la proa y un pelícano gordo que abre la boca devorándose el viento que desafía nuestra vieja lancha, su vieja lancha internándose en el mar abierto, siguiendo una ruta distinta a todas las demás. Sé que en el fondo sólo sonríe para que yo no tenga miedo. Y que Capitán Nemo lo comprende como lo ha comprendido toda su vida. Nosotros seguimos avanzando con dirección a la isla. Veo que mi padre señala delante y cierro los ojos y deslumbrado por el sol me dejo llevar en su grupa, me dejo arrullar por el mar maternal y la cálida, intemporal, marea. Será nuestro camino hacia el límite, nuestra complicidad, la que nos haga navegar hasta que las gaviotas disparen sus graznidos en dirección opuesta, y entonces ya no haya vuelta atrás y lo único que pueda desear entre tanto mar será mar, y que esas revelaciones serán sus cantos más seductores, los más sabios ecos de las sirenas extraviadas en el tiempo. «Casi llegamos», dice Capitán Nemo, mirándome a través de su mar personal, cuando abro los ojos. Es verdad que la isla está cada vez más cerca y yo pongo el timón en sus manos y le sonrío como a su vez hizo conmigo mi padre cuando hicimos el camino por primera vez, y yo quise contemplar esa tregua en mitad de la nada, que sobresalía como el único secreto que deseaba descubrir en la vida, teniendo el control sobre ella. Ahora, por fin, está ahí. Siento el viento en los cabellos como una mano grande que me acaricia, insinuándome que todo saldrá bien. Capitán Nemo, viejo en la popa, parece comprenderlo todo nuevamente a través de sus ojos blancos. Mira hacia adelante, la mano firme, seguro de conocer de memoria la última ruta que nos llevará a la orilla. ¿Qué dirá cuando la lancha toque por fin la tierra? Sí, tengo miedo. Pero también tengo curiosidad por saberlo.

# Apaga la próxima luz

*Para Hilda Codina*

Digamos que en efecto se detiene el autobús y un hombre viejo aparece. Unas cabezas se levantan, lo observan y finalmente vuelven a esconderse bajo las telas. La gente que viaja en el autobús regional duerme con esa tibieza ruda que anticipa las faenas del campo. Así van, treinta y cinco kilómetros de media a través de un espinazo estéril, arropados por gruesas mantas que los inmovilizan y que prolongan la distracción del trayecto hasta que la ciudad los tritura con sus grandes mandíbulas de cemento. Es habitual que, durante la ruta, un mojón de kilómetro difuso detenga el recorrido junto a una mujer cargada de fardos, y que la gente la mire subir con ansiedad, por si lleva en sus bolsos trozos de carne seca o pan de maíz. Si fuera el caso, despiertan y una ligera confusión se arma: la gente come con energía, y luego, con similar energía, se duerme. Pero digamos que esa mañana es un hombre viejo y no ella quien sube; las cabezas que se asoman en el autobús lo siguen a lo largo del apiñado corredor y no tardan mucho en olvidarlo. De ese modo, mientras los otros vuelven a esconderse entre las cobijas, arrebujados en ese vaho lechoso que empaña los vidrios y que termina por ocultar los primeros cañaverales que reverdecen el semiárido con su cabellera flexible y luminosa, el anciano se abre paso y camina, se balancea con languidez y no tarda mucho en sentarse. Carraspea. Captura su bolsa con ambas piernas y espera a que la rutina sabia le acomode el cuerpo mientras deja caer el mentón contra su pecho, casi dormido. Pero digamos que no le permito dormirse. Ah, vea su expresión recelosa y avejentada ahora. «Antônio Honorato da Silva», le digo. Hace cuarenta y siete años era parte del destacamento de Alagoas que venció la reyerta de Porta da Folha, la madrugada del 28 de julio de 1938. Tiene usted la misma cara angulosa y la piel fuertemente tostada por el sol, aunque ahora sea sólo un viejo encorvado que mira a través de sus gafas, con la distante arrogancia que su gloria pasada todavía le permite preservarse. Yo estoy segura, al menos, de que el viejo Honorato que conocí es para mí ahora una cicatriz abierta; quizá sólo sea una marca de fierro su nombre, y, si lo pienso, la única razón que nos ha hecho encontrarnos cuarenta y siete años después en este autobús de regreso. Fue Antônio Honorato, usted —o al menos sus ojos con feliz desconcierto—, quien disparó el rifle que dejó muerto a Virgulino Ferreira, Lampião, mientras éste dormía con María Bonita en una gruta de la hacienda de Angico, en Sergipe. Todavía conservo los recortes intactos de aquel jornal publicado tres días después: su fotografía en blanco y negro doblada en ocho partes iguales. ¿Quiere verla? Mire: el soldado Antônio Honorato sonriendo con el fusil, los casquillos secos en su palma y la cabeza de mi hermano muerto en una plaza de Bahía.

* * *

*Jornal do Commercio – 12 de junho de 1938*

PARAHYBA – Comentando el reciente encuentro de la policía pernambucana con el grupo de Lampião, los diarios destacan una nueva y decidida orientación del actual gobierno de nuestro Estado para enfrentar el angustioso problema de banditismo que asola largos trechos de la región sertanera. A União de hoy da cuenta de las providencias tomadas por nuestra valerosa policía, reforzando la frontera a fin de resistir en caso de cualquier emergencia que la actual coyuntura pudiera provocar en días venideros. Como es de público entendimiento, el último encuentro mortífero entre las fuerzas policiales y el bando de cangaceiros liderado por el famigerado Virgulino Ferreira, vulgo Lampião, se produjo en el municipio de Lagoa do Crauá, Sergipe, resultando herido de bala en el cuadril el nombrado bandolero por las tropas bahianas encabezadas por el comandante José Osório de Farias, Zé Rufino. Según diérase a conocer con posteridad, se calcula en 67 el número de componentes de la bandería de Lampião, la mayor que opera en territorio nordestino a la fecha. En el combate se reportó la muerte de nueve bandidos y tres guardias policiales, y la incautación de material bélico equivalente a un fusil Mauser 1908 y tres revólveres Colt .38, o Colt Cavalinho, como tiende a llamársele a dicho pertrecho. La información facilitada por las pesquisas de la autoridad deja en claro la gravedad del conflicto. Se espera, en los próximos días, total respeto y conformidad a las medidas que se adopten para seguridad de la ciudadanía.

* * *

—¿Entonces se dirige a Serra Talhada? —me dice el viejo, al poco rato, rascándose la cabeza.

—A Serra Talhada —asiento—. Después de treinta y cinco años.

—Es un poco tarde para buscar recuerdos ahí —añade Honorato—, pero está bien regresar al sitio donde se ha nacido, porque es una forma de concluir las cosas que no terminaron bien. Supongo que no terminarían bien las cosas para usted si vuelve ahora ¿ne? Verá: Serra Talhada era antes el municipio Villa Bella, pero aunque ahora tenga diferente nombre, no cambia; el árido, como siempre, domina ahí, y hallo que la gente, si la hay aún, ya sólo se queda a morir. ¿Cómo será? No será la misma, de cualquier manera, si es gente lo que busca. Casi todos fueron a buscar fortuna a otras ciudades, Estados grandes del sur. Ahora será como en todas partes, que sólo ha quedado el comercio para los que antes no tenían tierras y últimamente poseen las tierras todas que eran de terratenientes y coroneles, aunque luego se hagan llamar a sí mismos "sin tierra". ¡Porra! Ahora ya no necesitan fusiles ni machetes; basta con ser muchos para que sólo quede gente como ésta en Pernambuco. Han convertido Serra Talhada en algo suyo, completamente distinto. Y así con todo, cada sitio, municipio, ciudad, poblado, es lo mismo. ¿No acredita? En Pernambuco hay sitios decentes, como en todas partes, pero no precisamente el lugar al que usted viene, de seguro. Lo verá cuando llegue. Y cuando llegue pensará lo que dije aquí, en el camino, y que al viejo Honorato da Silva no le faltaba razón al decirlo.

—¿Usted ya no vive en la región? —le pregunto.

—No, ya no vivo más ahí... —asegura el viejo—; ha pasado mucho tiempo desde entonces.

—¿Y ahora?

Pero el viejo no parece interesado en responderme. Antônio Honorato aprieta su periódico, como si estuviera recordando algo demasiado personal, y yo aprovecho la tregua que emplea para respirar en esa repentina nostalgia, y me concentro en los cañaverales que se doblan frente a mí, los largos kilómetros peinados mansamente por el viento. Es difícil imaginar que tanta violencia siga existiendo afuera, mirando a la gente endeble y curtida que habita el semiárido. Pero no es una agresividad egoísta, sino natural, la que los mueve. No es más que la calurosa matriz que brilla dentro, como un instinto que habita tanto en ellos como en lo más primario de esa tierra ruda, que necesita combatir con su medio cada centímetro de la furiosa geografía que educa el carácter con lo más esencial de todo. La furia que desangra el cielo al atardecer. La sequía. El mortal veneno. A mi lado, el viejo sigue mirando el paisaje que yo también interpreto, aunque a mi modo; luego de lo cual él me mira, y yo lo miro por fin, y sé que se ha devuelto al mundo conmigo.

–Ahora tengo una barraca, veinte kilómetros al nordeste de aquí, en la frontera con Alagoas. En esa parte todavía sobrevive un minifundio que no ocupan aún los campesinos. Es lo que tengo, que no es mucho, pero es mío. Sin embargo, ya llegarán. –Mira entonces el panorama, el vasto sembrío de carrizos que todavía esperan cultivarse cuando pase el invierno.– Con certeza que sí llegarán. Pero cuando eso suceda, yo los estaré esperando.

* * *

Ciento catorce kilómetros después, el hombre atiesa las bridas de su caballo y las mantiene así: misma robusta y determinante fibra con que amansa a los mulos bravíos; misma expresión apartada, solitaria, distraída. Así, la bestia bien hablada se va quedando quieta. Luego relincha y sus músculos se tranquilizan. El coiteiro Pedro Cândido ha dicho que adelante, y en el interior, ahí entre fardos, ha dormido, comido y bebido él, y el penco ha abrevado justo a la mitad del viaje, cosa que ha venido bien para evitar cualquier encuentro. Los volantes han estado rodeándolo mientras permanecía oculto. Luego han cabalgado duro, se ve. Él, a su manera, también lo ha hecho. Tanto que ahora, por fin, tiene delante la orilla del São Domingos, y delante de ella la barraca familiar que hace tanto no visita. «¡So!», brama, tirando de la brida, acariciando al bruto: su pellejo fuerte, sus crines rojas, su visión noble le pertenecen a un verdadero alazán pernambucano. Mira él también la llanura, el cabello fundido de la caatinga; y más allá aquel cobertizo, la barraca que dejó cinco años atrás por última vez, le provoca el mismo desconcierto familiar que siente cada vez que se mira al espejo y reconoce en ese plano de plata una expresión juvenil que ya no le corresponde vestirse. Pero ya estamos aquí. Hemos hecho el camino mejor que nadie –se dice, mirando adelante– lo hemos hecho juntos, de vuelta. Palmotea su lomo: lo conoce, sí. Calcula nueve leguas de eriales quietos y una joroba escarpada en cuyo pico se arremolinan nubes de un extraño color rojizo. Detrás, Caruaru: trece horas de camino a trote parejo, tal vez veinte –apurando– hasta Porta de Folha si alguna patrulla aparece. Toscamente tira del hocico de su animal; y no importa que los volantes lo busquen, el penco hace sonar sus cascos con un cliclá que levanta tierra. En esos momentos, una bandada de pintassilgos vuela en dirección opuesta y la franja amarilla que dibujan proyecta desde el cielo una sombra lánguida que no termina por apaciguarle la calentura del viaje. Hace visera entonces con la mano abierta bajo el sombrero, y, mientras se acerca a la mujer que lo espera, un punto allá a lo lejos, piensa que un hombre puede marcharse a varios lugares, pero que sólo uno de ellos, en verdad, lo recibe.

–Buen día, hermano –dice la mujer.

—Abrazo, menina.

Anália es ahora una mujer extrovertida de catorce años, menuda y de carrillos enjutos, que da media vuelta para acomodarse a su paso. Se apresura a coger al alazán, y enseguida lo endereza hacia el abrevadero, tirando de sus bridas con una maña de mujer adulta. Apenas unos pasos detrás, el hombre camina lento, siente las oleadas del bochorno que se revuelven, serpenteando aún en la tierra bruñida por las herraduras de pencos ajenos. Esos primeros signos de debilidad le recuerdan que ahora camina en el único lugar al que pertenece. Que le pertenece. Pero ahí han estado también, lo sabe, y debe apresurarse.

—Has viajado cinco días hasta hoy —dice Anália cuando alcanzan la sombra.

—Tres días, desde Sergipe.

—Sean tres, lo mismo da. ¿Para cuánto tiempo has venido esta vez?

Él alza los hombros:

—No lo sé. ¿Y tú?

Ella alza también los hombros.

Y ríen.

Luego la risa se gasta y sólo queda la pregunta del hombre:

—¿Madre? —dice, por fin.

Anália señala la casa:

—Dentro. Ya sabes dónde.

* * *

Siete hermanos eran, si no equivoco. Virgulino, el tercero. Eso sí. Gustaba de tocar el acordeón de ocho bajos, trabajaba cuero y amansaba mulos, pencos, cabalgaduras, todo lo que tuviera grupa montaba, hasta que un día montó la yegua y ya no se bajó, ni se despidió siquiera. Ya para entonces le habían matado al progenitor y sentía obsesión por los coroneles. Según dijo siempre, tornaría justicia a Pernambuco, aunque decíamos bah, bravatas del crío. De algún modo cumplió, ¿no acredita? Fue por los hacendados, los coroneles. Y un día, Sinhô Pereira se lo llevó: el bandido viejo que entonces tenía fama y ya no supimos de él hasta que se volvió caudillo y un día regresó de Juazeiro y él mismo era capitán de varias cabras que vinieron, sus sombreros de cuero quebrado, cabalgando, haciendo sonar los rifles. Virgulino tornó Lampião, dijo. La mano santa del padre Cícero le había dado acreditadura. Y así debió ser, pues de ahí en delante fue como épica. Venía con derroche a convidar a la gente. Comida. Cachaça. Y la gente bien que le facilitaba ayuda; que robara a los coroneles era cosa legal. Ya tenía para entonces a Zé Rufino detrás, lo cual era tener mucho. Iba–venía... Y siete Estados completó así, ¿vio? Desde Ceará a Bahía, todo el nordeste era de Lampião y contaba con sólo 80 cabras que lo seguían adonde fuera, todos iguales, bien armados, que daba en humildad al verlos. Eso sí, sin esquecer de ninguno. La gente correspondía bien, pero luego venían los volantes y era cosa distinta. Que a dónde fue. Que qué dijo. Cualquier cosa buscaban. Pero ni oh, ni nada. La gente de Serra Talhada lo quería. Olhe, por ejemplo: a mí me dio salvoconducto: *Recebendo carta com a minha firma, não sendo este cartãozinho, é falsa.*

*Não é minha assinatura.* ¿Vio? Después de ello, cada vez que recorría la caatinga con los vaqueros, sólo tenía que mostrar la carta y los demás nos dejaban. Era cosa real, de respeto.

* * *

—Soñé que venías...

—Mamãe —dice el hombre, doblándose junto a la cama.

Sus labios besan una piel salada que, como el amanecer, ya escasea severamente. Ahí, a su lado, por primera vez, las grietas irreversibles en esa vejez prematura lo apartan con suavidad, y él, conmovido, se aleja de aquel olor que recuerda de otra época, intentando mirar a su madre con perspectiva.

—Siéntate —dice ella.

—Llevo sentado tres días —se aparta, brusco, para no seguir mirando—: cabalgando en la tierra seca, durante la noche. Déjeme al menos que me esté parado y la mire así, desde arriba.

—Ya no te gustó bajar nunca de ahí —suspira la madre— y con razón, pues para estar ahí has nacido, y eso ya lo sabía yo desde que eras un crío. Por eso estás aquí ahora, para ver a tu madre de nuevo; a pesar de lo que ellas decían: los macacos lo buscan noche y día, y nadie lo encuentra, no. ¿Cómo puedes esperar a verle de nuevo, que además de mujer eres vieja? Pero se equivocan siempre... una madre siempre se las arregla para encontrar a sus hijos.

—O los hijos dejan que los encuentren a veces.

—Hablas pronto. —Picotea el aire con su dedo—. Soñé que venías... soñar siempre será una búsqueda. No podías continuar sin despedirte de esta mujer vieja.

—No debería envejecer tan rápido, mãe.

—Una no decide eso —dice, y baja la cabeza—: Pero olha, menino, de mí mejor no hablemos. Sé que no vienes para mucho tiempo.

—He visto el suelo bruñido—se apresura el hombre—, los volantes de Zé Rufino sin duda han estado antes aquí.

—Siempre están. Vienen a menudo, por motivo cualquiera. Habrás visto. Ahora incluso hay folletos y recompensas por ti colgadas en las rúas, cincuenta contos de reis... —la anciana cruza una mirada caritativa, como si no hablara de su propio hijo—, que yo le digo a tu hermana, así cualquier día los macacos tendrán buena puntería contigo.

—Pura bobada, mamãe. Si yo valiera tanto dinero como dicen, no estaria robando a coroneles.

—Bien sé que no es por dinero que robas.

—Siempre es por dinero, mamãe. Usted sabe.

Luego se quedan callados; pero la anciana lo observa, moviendo la cabeza, con una ternura áspera que atraviesa sus pupilas.

—¿Es cierto que ya está muerto?

—No lo sé —responde el hombre—. Yo intento siempre, ¿sabe? Disparo a todos los soldados que veo delante.

* * *

Digamos que en efecto el viejo se acomoda junto a mí. Digamos que le llamo «Antônio Honorato da Silva», pensando en voz alta, en realidad. Entonces él me observa, contrariado; me mira fijo. Finalmente suaviza la suspicacia (tal vez por verme mujer) y no tarda en responderme directo: sí, ese es mi nombre: Antônio Honorato da Silva. Le hablo luego de lo de Porta de Folha, hace cuarenta y siete años, y que tengo varios recortes, uno de ellos con su foto doblada en ocho partes iguales. No le digo nada sobre mi hermano muerto; sólo que conozco la historia. Una sonrisa dura le tuerce las comisuras entonces, y dice que está orgulloso de haber cumplido con su trabajo, aunque el mérito, como siempre, se lo llevaran los grandes; João Bezerra, en mi caso. Luego fue buscando a otros, Gato y Corisco; pero fue José Rufino quien llegó primero e hizo fama a su costa. A Bezerra pocos lo recuerdan ahora, lo cual es justicia.

—¿Y el medallón que tiene en su cuello? —insisto.

—Bonito adorno, ¿ne? —y achinando los ojos—: «Soldado da Silva: por el valor». Ojalá tuviera algo de valor ahora... nada sentimental, me refiero; ya sabemos que los recuerdos no dan para comer, a menos que uno los venda.

Yo le pregunto si fue por matar a Lampião que le dieron la medalla.

Y él dice que sí.

—El mismo Virgulino Ferreria —repite al rato, sin orgullo—. Era mérito dispararle pronto. Por lo demás, era difícil no matarlo así, después de que Pedro Cândido nos dijera el sitio donde dormía con los demás cabras esa noche. Y mismo de ese modo llevábamos dos *costureiras* con nosotros, sólo para estar seguros de matarlo bien. Ametralladoras, ¿vio? De otra manera hubiera resultado más difícil, aunque, si quiere la verdad, de todos modos moría. Ya había escapado demasiado, y todo hombre, por más hechicero que sea, siempre encontrará su límite.

Allá delante, una persona se apea y el abanico de la mañana se mete a bocanadas por la puerta abierta: toma algunos minutos que sus bolsas desalojen el techo, un golpe seco; y entonces una voz que autoriza a avanzar llega como disuelta, y poco después veo pasar un rótulo, unas barracas y finalmente la regular tierra árida que nos acompaña desde hace cuatro horas.

—¿Es usted periodista? —me suelta de golpe.

—Soy profesora —le digo.

—Lástima oírlo... lo de no ser periodista. Hace veinte años me entrevistaron en *O'Globo*, en *Região*, e incluso en una radio de Salvador. Y hace poco supe que estuvieron filmando gentes... pero sólo conversaron con Bezerra y Zé Rufino. Y con algunos viejos civiles, sobre todo con uno que decía lo héroe que había sido Lampião en su pueblo. Vi en televisión hace siete años y dijeron pura bobada. Era el aniversario. ¿Vio? En cierta ocasión, cuando volvía de Bahía con la gente del destacamento, me encontré con Otacílio Macedo, el periodista, y me prometió una portada grande, a todo color. Pero salvo por esa ocasión, no volví a verlo de nuevo.

Por un momento se pierde otra vez en la promesa; mira el asiento que dejó el pasajero ausente, y un rato después regresa con un nuevo brillo en los ojos.

—Un viejo siempre quiere que lo reconozca alguien, si permite que se lo diga. Incluso si se trata de alguien desconocido, como usted.

—¿Aunque sea por matar a un hombre?

Piensa.

—Incluso por eso: por matar a un hombre —dice—. Un viejo no es más que un hombre tonto que no quiere morirse.

—No lo niego —le digo con intención—. Es verdad que hay personas que viven demasiado.

Pese a ello, aún me es imposible reconocer en él al asesino de mi hermano. Tengo más de cincuenta años, y sigo pensando que es por hombres como él que siempre conservaré la sorpresa. No diría lo mismo de esta tierra, toda ella llena de sangre y agitación; pero es lo que es. Una vive sorprendiéndose todo el tiempo. Incluso cuando ya nada parece capaz de hacerlo. El viejo, entretanto, ha sacado algunos cajus de su bolso. Aprieta aún con las piernas ese recipiente de tela dura, y va pelando los frutos con unas uñas implacables, sin color. Se los lleva a la boca mecánicamente y mastica con lentitud; y cuando termina, todavía recuerda lo que dije al presentarme.

—Entonces vuelve a Serra Talhada —se rasca la cabeza.

—A Serra Talhada— asiento—; después de treinta y cinco años.

* * *

En el nordeste hay extensos kilómetros de caatinga: tierra árida, con cactus de formas ondulantes, plantones derretidos, caprichosas espinas que recuerdan un tiempo sin memoria en los que sólo había reptiles poblando la tierra. Mas, olha bien, también este territorio hostil hace mucho que lo ocuparon los hombres. Un buen día llegaron y no se fueron. Quedáronse aquí. De manera tal que hay ahora también, en el litoral de este largo territorio, campos cubiertos por cañaverales que crecen, dejando libres sus melenas de hojas afiladas y verdes que se inclinan con el viento, que no se cansan nunca de crecer. Las primeras horas del día despiertan un rumor vegetal ahí, disolviendo sus colores, naranja amarillo azul. Hasta que amanece. Y entonces, a lo largo de aquel territorio agreste, ves pequeños campamentos, grupos de familia que despiertan con los primeros sonidos, que se reúnen con una mirada distante a observar cómo a través de esa franja de cañaverales, el autobús regional traquetea aplastado por los numerosos talegos y bolsos que soporta su capota. Son talegos fuertes y bien atados para que nada escape de ellos, aunque algunas tiras caigan como lianas sobre las ventanas, a través de las cuales algún rostro curtido duramente por el trabajo del campo mira ya el paisaje regular que vamos dejando atrás. ¡Adiós, tierra, adiós! Si pudieras seguirnos ahora, verías en su interior avanzar de prisa a un hombre viejo que consigue llegar a la puerta sin tropezar, evadir piernas y embalajes que han descubierto cobijas repentinamente despiertas. Es él mismo quien se inclina y habla al oído del conductor, y, poco después, el único pasajero que baja cuando el autobús detiene su marcha. El hombre se apea sin volverse, sin intentar siquiera una despedida con la mano. Sólo ha dicho que lo siente, y que es así la vida en el cangaço, que ahora es un hombre viejo que sólo tiene esa muerte para seguir viviendo. Yo no sé qué decir. Salvo desearle suerte con los "sin tierra", a quienes voy a educar en una escuela de Serra Talhada. Él me mira, yo lo miro, y eso es todo. La escena toda. Sin dramatismo. Por eso, cuando lo veo bajar, tampoco hace falta que se despida una vez que el avance del autobús lo ha puesto al nivel del último asiento libre donde me encuentro. De a pocos, el autobús ruge de nuevo con ese sonido enfermo que lo mantiene en movimiento, y yo miro la calle a través de la ventanilla, y al viejo abiertamente distanciado por el polvo y la multitud. Ya bordeado de calles y piedras, los cañaverales se han reducido a cientos de haces liados en grandes montones; y ahí, confundido entre tiendas, el viejo Honorato camina. Lo veo, a través del cristal, aquellos segundos sucios que le toma alejarse en dirección contraria, empequeñecido de golpe por la distancia que va creciendo con nuestro avance, lento, paulatino, y que no tarda mucho en hacerlo desaparecer. Miro el corredor entonces, a la gente despierta. Escucho algunas risas, el gruñido de los asientos y algún carraspeo perseverante que intenta escapar de las telarañas que ha ido tejiendo la humedad caliente en alguno de esos pechos. Todos ellos despiertan, me digo, como tú, Anália. Pero es sólo eso lo que pienso. Y nada más. Ya no aprieto, mientras me habla, la faca que juré iba a enterrar en él la tarde que vi su retrato en el diario, junto a las cabezas de Virgulino y María Bonita. De mi hermano y su mujer. De mi familia toda. Muerta. Pero también es verdad que hace mucho dejé la faca en un armario lleno de recuerdos, quién sabe por qué, tal vez para no cargarla hoy, cuando el azar me pusiera delante de esa fuerte luz que mora también en el abismo de mi sangre nordestina. Después de todo, digamos, podría haber subido en un mal momento.

* * *

*Jornal do Commercio 29 de julho de 1938*

PARAHYBA – Comunica el Estado de Sergipe con fecha de ayer, 28 de julio, que en horas de la madrugada fuerzas policiales del destacamento de Alagoas, al mando del capitán João Bezerra da Silva, abatió a tiros once cangaceiros buscados en la gruta de Angico, municipio de Porta de Folha, Sergipe. Entre los difuntos cuéntase el líder pernambucano Virgulino Ferreira, vulgo Lampião, quien, víctima de un certero disparo del soldado Antônio Honorato da Silva, cayó muerto en compañía de su concubina María Gomes de Oliveira, vulgo María Bonita. De acuerdo con la información provista por la Policía Militar, el ataque realizado por 49 guardias fuertemente equipados duró 15 minutos, y se calcula la huida de otros 25 bandoleros, a cuya búsqueda intensiva se dedica la autoridad en la vera sur del río São Francisco. *Fotografía (de izq. a der.) Quinta Feira, Luiz Pedro, Mergulhao, María Bonita, Lampião, Eléctrico, Caixa de Fósforo, Enedina, Cajarana, Diferente y ciudadano desconocido*. Las cabezas de los cangaceiros muertos fueron exhibidas en la zona, junto a las pertenencias y municiones capturadas. Con esta acción severa y efectiva del gobierno de nuestro Estado se ha asestado duro golpe al banditismo, y va en camino a erradicarse su nociva presencia en la región sertanera.

* * *

Ya es hora de marcharse, susurro, aprieto el sombrero que llevo en la mano; pero nadie responde aquí; nadie se mueve. Sólo las mariposas de noche revolotean alrededor del quinqué, giran y son como pétalos de flores en el viento: se mueven torpes, geométricas, y caen en los bordes de la pantalla con un sonido austero, de ligera electricidad que vacila. En el meneo suave que las empuja veo un balance trabajoso que busca la luz. Es el vértigo poderoso contra el que luchan toda su corta vida, me digo. El quinqué, su brillo quieto, el pozo profundo adonde va a caer la levedad corpulenta de sus vuelos, sus arribajos; como si ese hoyo de luz, en la oscuridad, fuera también un abismo. De este modo, durante mucho rato observo la luz que zumba dentro de la cajita, la lucha de las mariposas, y no me atrevo a decir palabra. Ella también lucha, me digo: la veo respirar, y sin embargo, despierta. Mamãe... Ella abre los ojos, y esa mirada quieta que le brilla dentro observa fijamente, como si hubiera olvidado que pudiera comunicarse con su vieja y atiplada voz, y ahora fueran sus ojos de tortuga los que buscan los míos, los únicos encargados de comunicarse conmigo. Es tarde, insisto: un buen día es siempre demasiado tiempo para su hijo Virgulino. No tardarán en llegar los volantes, en llevarme si me quedo. Pero sigo sentado aquí, a la espera de que diga algo, mirándola respirar en silencio. Ella sonríe por fin, o tal vez sólo se trata de un reflejo de la llama que se estremece bajo la pantalla. Nos miramos un rato. Y por último ella humedece sus labios y asiente. Apago la luz, beso su piel salada y luego parto hacia Angico. Le doy fuerte al caballo para no pensar en ellas. En Anália, quien ha esperado en la puerta con la montura lista. Y en mi madre, durmiendo. Y, sin embargo, pienso, allá lejos, Virgulino Ferreira fustigará al penco y pronto alcanzará la gruta donde esperan María Bonita y los demás cabras para seguir su camino esa noche. Allá espera María Bonita, cuidando el acordeón, y esa imagen en su cabeza le da fuerzas y sigue adelante, fustiga con la brida tiesa, cabalgando por la estepa y con el viento que dobla los cañaverales, sus cabellos, los ciento cuarenta kilómetros que faltan todavía para alcanzar la orilla del São Francisco. En el fondo, como todos, también Virgulino sabe bien que ya no volverá a su tierra. Pero es así la forma pesada en que brilla la vida. Y es así, simplemente, como debe ser.

# Seltz

Cuando me quitaba el traje en el almacén, sentí su duro aliento a cachaça junto a la oreja. Era Bautista, el administrador. Tenía la cara sudorosa. Pensé, como siempre, que habría estado divirtiéndose mucho, por cómo le vi torcer la boca y la forma en que sus palabras se abalanzaron hacia mí, con intensidad, pero descoordinadamente. No era raro que me asaltara entonces un extraño sentimiento de pudor. Un furtivo sentimiento de culpa. Por unos segundos, sentí como si alguien estuviera mirando la cópula de un par de langostas en cámara lenta y yo estuviera a su lado, de pie, delante de veinte televisores que repitieran la misma imagen. Lenta. Lentísima. Zé Antunes dice que la mejor estrategia comercial para una tienda de electrodomésticos como la nuestra es dejar que todos los televisores de la tienda estén siempre sincronizados en el Discovery Channel. «Por ejemplo», dice, «imaginemos que hay un concierto de rock o un partido de fútbol: los padres asocian el televisor con la droga o con el ocio mal aprovechado. Si hay una película, una mujer de cuarenta y tantos, casada y con hijos en la universidad suele recordar con nostalgia y cierto rencor inconsciente que su marido ya casi nunca la invita al cine». Zé Antunes dice que los canales educativos aumentan las probabilidades de que una venta se concrete, y debe de ser verdad, porque a los padres la educación siempre les parecerá una buena inversión y nunca escatimarán en nada. «Ésa es la parte sensible que debemos atacar: la yugular de las ventas», afirma. Zé Antunes sabe mucho sobre el mundo animal, aunque no tanto como sobre ventas y marketing. Por eso procuro escucharlo a menudo con atención, para contagiarme de toda esa sabiduría suya.

Pero con Bautista es diferente. Observando sus gestos amplificados, casi seguro de que su tabique adelgazado se había metido una buena farra por la tarde, pensé en la idea que tenía sobre la felicidad y en el buen negocio que seguramente habría hecho con el distribuidor de Draco. Una cosa lleva a la otra, ya se sabe. Y él conoce bastante bien el negocio porque es el hijo del dueño, y el dueño es uno de los hombres más importantes y ricos de todo Río de Janeiro.

—Esta noche tengo un nuevo disfraz para ti, *Toninho*.

Palmoteándome la espalda con complicidad, Bautista permaneció en actitud alerta sin darse cuenta de que yo no tenía ganas de otra mala noche a su lado. Por eso, aunque insistió, no levanté la cabeza afirmando ni negando nada. Continué con mi caprichoso striptease hasta que recuperé mi forma humana.

Al final se dio por vencido, tal vez cohibido por mi exceso de confianza. Me apuntó con una pistola hecha por sus dedos y un gatillo presionado en sus ojos disparó:

—Te espero en el auto.

Me esperaba en el corredor, no en el auto.

—¿Cerraste bien la llave? —preguntó Zé.

Yo le dije que sí, pero el cara, desconfiado como siempre, quiso comprobarlo por sí mismo. Al rato vino secándose las manos.

—Hombre prevenido vale por veinte.

A esas horas de la noche, la puerta corrediza ya había clausurado la entrada principal. Sólo quedábamos los tres adentro, enlatados entre losetas blancas y todos esos monitores de televisor encendidos en el mismo canal. Un león de melenas rojas se alejaba con el último pedazo de entrepierna en la boca, meneando el trasero, mientras un grupo de hienas se disputaba los restos de lo que antes fuera una cebra. Comían con ardor, con un apetito africano. Bautista y Zé Antunes, sin prestarme atención, seguían en una animada charla junto a la caja.

—En el maletero tienes un saco y una buena loción —dijo Bautista, interrumpiéndose por un momento. Movió las manos, como si su cabeza fuera la bola de una pitonisa:

—Póntelo y te metes al auto.

Me tiró la llave.

Antes de salir vi que conversaba con Zé y que éste le tendía un pequeño sobre amarillo. Era el sobre que empleaban en la contabilidad los fines de mes. Pese a su edad, Zé Antunes es el empleado más antiguo de la tienda, se ocupa cada noche de ponerle el candado a la puerta, de apagar los equipos y desconectar la electricidad. Es el último en marcharse y el primero en llegar, salvo los días martes, cuando se toma las mañanas libres. En los cuatro años que llevo trabajando aquí nunca le he visto faltar ni tomarse vacaciones. Y nunca lo he oído quejarse ni maldecir ni incordiar a nadie que no lo merezca.

Es en verdad un tipo al que todo el mundo debería imitar.

Cuando cerré la puerta del maletero me sentía más alerta y animado que antes. Me puse el saco recién lavado en seco, terminé de echarme la loción de pelo y me monté en el asiento del copiloto con agilidad. Me miré en el espejo retrovisor y la imagen no me disgustó tanto. Prendí la radio. La voz de Daniela Mercury gruñía en los parlantes, con la misma sensualidad que su cuerpo: *Vem ai un baile movido a nova fontes de energía. Chacina, política e mídia. Bem perto da casa que eu vivia... eletrodoméstico... eletro–brazil...*

Camisa abierta, *tweed* marrón, cabellos húmedos. Al cabo de unos minutos me había convertido en un Bautista apenas diferente, más pequeño, menos elegante. El pecho, un tanto al descubierto, disfrutaba el aire que se metía a patadas, partido en ráfagas, por la ventana de su Audi. Me sentaba bien el papel de hombre despreocupado que sale un viernes por la noche para librarse del estrés de una negociación incierta. Tenía ese mismo aspecto de tensión a punto de estallar que atrae tanto a las mujeres. Me observé con disimulo en el espejo lateral. Una y otra vez, me miré. Sí, concordaba: en verdad me sentía apuesto, sofisticado. Libre de mi maltrecho y abaratado atuendo cotidiano era un seductor innato; aquel instinto bullía, silenciosamente, bregando por saltar de mi interior. Aun así, la entereza se conservó tanto como un chispazo de luz. Bautista es un niño rico que hace deporte por competencia, pocas veces por diversión, y viste trapos onerosos que yo nunca podré comprar, ni con el sueldo de cinco meses. Sabe comportarse en sociedad y no le cuesta esfuerzo que las cosas le calcen bien, en el cuerpo y en la vida. Tiene los ojos verdes como dos luciérnagas en la noche y una buena osamenta que transpira testosteronas, con un suave aroma de Gucci. Ojalá tuviera yo su habilidad para engatusar con las palabras, esa determinación conductual (diría Zé), cuando quiere llevarse a una chica bonita a la cama.

—¿Entradas? —dice el negrazo, atento, en la puerta.

Me mira con cierta desfachatez, de arriba abajo.

—Déjalo ahí, Ciro. Viene conmigo.

Bautista sabe cómo desautorizar sin más poder que su sonrisa rotunda. Después de eso, el par de entradas personales y su tarjeta de socio terminan por abrirnos todas las puertas. Atento a la cara dulcificada de los dos gorilas, yo me atieso en el *tweed* y camino sin miedo hacia adelante. Los atravieso. Siento, con impaciencia, la energía palpitante que proporcionan los placeres y las jerarquías. Dentro hay un pasillo de paredes cromadas; una explosión que se intuye y, finalmente, la sorpresa que nos engulle en esa enorme fábula con miles de vidas en movimiento. De súbito, las luces nos atraen como a dos astronautas perdidos en mitad del universo. Me digo en voz baja que esta es la riqueza de los seres humanos; el centro del poder en reposo. Aunque vistos así, en la oscuridad, nada los diferencie de los que se quedaron afuera, hombres y mujeres son apenas sombras y destellos de sí mismos; caras y sellos de una moneda, eso sí, de muy diferente valor.

—Estos tipos son como los perros antidrogas —dice casi gritando Bautista, mientras avanza a mi lado—: pueden oler a los pobres a más de doscientos metros de distancia.

—Estarán acostumbrados —respondo, con la rabia aún contenida—. A este negro lo veo yo subiendo todos los días a vender droga a São Clemente.

Apenas acabamos de abrirnos paso, cuando alguien nos aborda.

—Bautista —dice un hombre.

Los veo abrazarse, darse un beso en la mejilla. Es un hombre flaco, con lentes. Circunstancial.

—No me digas que vamos a seguir negociando aquí.

—Siempre que tengamos la misma química —dice, y se ríe, cogiéndose el hocico.

Es el distribuidor de Draco.

—Evaristo Rangel —me extiende una mano.

—*Toninho* —digo yo.

—Mi primo Toni —corrige Bautista, y, disimuladamente, me mira con odio.

—Ajá... así que eres tú, el famoso Toni —dice Rangel.

Me mira con curiosidad a su vez.

—El famoso Toni —repite ahora, mirando a Bautista.

Me siento un poco idiota, riéndome sin entenderlos.

Buena parte de la noche nos la pasaremos hablando sobre anécdotas vacías e intrascendentes, cuentos de los que nadie se enterará ni recordará luego. De cuando en cuando harán tres hileras de coca y yo me meteré una para no malograr el maquillaje que me ha elegido Bautista. Bueno, me meteré más de una. A este ritmo, mentir no se hará difícil. Llegará un instante en que nada será verdad, y ellos no se enterarán de lo que dicen que yo he dicho que ellos han dicho. De pronto seré el tipo más divertido sobre la tierra, sólo porque ellos han decidido que así lo sea. Diré que el sexo de las serpientes es lento, casi como su digestión, y que las palomas tiran de un modo horrible, que se despluman casi literalmente, que son los animales más sádicos y refinados para el dolor, sobre todo entre ellos mismos. Les hablaré de cosas poco comprometedoras. Me reiré de mí mismo fingiendo que es otro el idiota que baila vestido de cocodrilo para los críos. Se reirán. Nos reiremos. Podría decirles, sin asomo de sarcasmo, que son un par de idiotas, y aún así se reirían con ganas. En el caos, el momento de cambiar de diversión llegará sin palabras. Dos morenas como nunca antes he visto se unirán a la fiesta, escotes, muslos, pantorrillas oliendo todo ellas a sexo. Cuando me saluden, la suave textura de sus pantalones me lamerá la pierna, y sentiré que necesito otro tiro, pero éstos ya se habrán terminado para *Toninho*. Quizá para Toni haya uno más, le diré a Bautista. Y él se reirá. Y yo me meteré. El distribuidor de Draco nos abastecerá de caipirinhas y cervezas. Y el negro de la puerta, en efecto, será el que nos traerá la coca. Las morenas me mirarán con lujuria, lo sé. Sin arrestos, casi imaginaré una orgía sobre la mesa, y cuando vaya a tocarle el muslo a una de ellas, Bautista me arrastrará a un lado de los sofás y me dirá que tiene que llevarse a Evaristo Rangel. «Eres fenomenal, *Toninho*. Recuérdame que te mereces un aumento el próximo mes». Sé que el próximo mes nunca llegará, pero en ese momento lo abrazo, y él me aparta suavemente porque una de las morenas lo atrapa a su vez, desde atrás, como si fuera un osito de felpa. Tiene un par de ojazos que todo lo petrifican. Mi palo, para empezar. Mi boca. Mi autoestima. Regreso a la mesa solo. Evaristo me abraza y me besa la mejilla. «El famoso Toni», se ríe. Y yo me río también, me río observando cómo se alejan Bautista y Rangel del brazo de dos colosales reinas. Uno de los camareros me toca el hombro, me alcanza el sobre amarillo que ha dejado Bautista antes de irse, y yo me lo llevo al bolsillo después de mirarlo con cautela. Si fuera un hombre juicioso, siendo pobre como soy, debería esperar un poco, beberme una última cerveza y marcharme a casa con un sueldo extra en los pantalones. Si fuera un hombre atinado, secaría mi vaso sin mirar a ninguna parte. Pero la primera cerveza se multiplica milagrosamente en mis manos, y, sentado aún en la misma mesa, el vaso lleno de una renovada y luminosa magia, reconozco a Julia, ah, la bella Julia Oliveira.

—¿Has visto a Bautista? —inicia nuestra conversación por primera vez.

Levanto los hombros.

—Se fue —le digo.

Veo cómo sus pupilas de gata herida se dilatan en la oscuridad. Adivino que su cabello echado hacia atrás procura ser un gesto de dignidad frente al abandono.

—Hijo de puta —murmura, pensando en Bautista

Y, sin más explicación, me enseña su espalda.

La segunda vez la veo rondando inútilmente alrededor de la mesa.

Me causa pena. Le miro las tetas.

—¿Y tú quién eres? —dice ella, atraída por mi curiosidad.

—Toni —le miento—: El primo del hijo de puta.

Se ríe, coquetamente ahora.

—Supongo que no sabrás a dónde se ha ido, ¿no?

No voy a traicionar a mi amigo.

Le digo que no.

—Claro —continúa ella, tomando asiento—. Ustedes los hombres siempre se cubren el culo unos a otros cuando se ven en aprietos. Es una cuestión de género, imagino. Un instinto animal. Simple conservación. En cambio nosotras, pobres, aprovechamos el primer descuido para destruirnos. ¿Por qué será? Debe de ser que evolucionamos más deprisa que ustedes. —Su voz se suaviza, creo que se pondrá a llorar—. No me importa que se vaya con otras siempre y cuando me lo diga, ¿sabes?

Pero no se lo creo. Es una forma de soltarme la lengua.

Al rato de mirar a la gente en la pista, siento que sus ojos se me arriman.

—Sabes bailar, ¿no?

Esta vez no le miento cuando respondo que sí. Durante cinco años lo había hecho para la escuela de samba de Mangueira, hasta que me hice viejo para seguir viviendo de la renta de un mes al año y los trotes entre lentejuelas no me dieron lo suficiente para alimentarme. Antes me había servido para encontrar un trabajo legal, y ahora me serviría para acostarme con una linda chica. ¿Quién había dicho que bailar no llevaba a ninguna parte? Qué importaba, me decía: uno es lo que vive. Me sentí afortunado por mi agilidad, por mis fuertes y flexibles brazos. No me costó trabajo acomodar mi cuerpo a la curiosa sensualidad que Julia irradiaba; no me costó trabajo atacar sus fuertes ancas con las mías. La clavé con una mirada profesional, dejando en claro que sólo éramos un hombre y una mujer haciendo lo que querían en una pista de baile. Nada más nos comprometía. Nos meneamos un buen rato hasta que las piernas nos pidieron una tregua —las suyas antes que las mías— y nos devolvimos a los sofás, exhaustos. Éramos dos langostas observadas por una cámara oculta, pensé: miles de televisores nos miraban de cerca, la complicidad de una buena venta, la felicidad de un par de respetables padres de familia. Sentí que las luces rojas y amarillas de la siguiente canción, la voz grave de Tim Maia arrastrándose como un comando camuflado en la oscuridad, nos calentaba de nuevo.

—Bailas bien —dejó caer en mi oído.

En realidad quería decir «bailas muy bien, formidablemente», pero la dominaba esa continencia femenina que yo me había enseñado a comprender, a valorar incluso, leyendo las revistas del corazón en la peluquería.

—No tanto como tú —le mentí.

—Ya ni siquiera me apetece que venga tu primo, *Toninho.*

Recordaba mi nombre.

Bailamos el resto de la noche. Nos besamos. Di buena cuenta de lo que quedaba en el sobre. Luego, con alguna excusa, me llevó a su casa. Quería saber si era verdad lo que decían: que uno baila como tira.

«Cuando dos lobos se encuentran fuera de un territorio neutral es inevitable que peleen entre sí hasta que uno de los dos venza. En estas circunstancias, antes de morir, el lobo más débil se encoge y pone su carótida a voluntad del vencedor. Es una señal de sumisión instintiva que sabe que el otro acatará de inmediato. No importa que la sangre le borbotee aún caliente, y que sus colmillos no hayan terminado de asimilar que esa noche no tendrán represalias. El vencedor lo dejará ir, puesto que, incluso entonces, su impronta los forzará siempre a proteger su propia subsistencia colectiva. Los etólogos denominan a este fenómeno "mecanismo de inhibición": una clave genética que evita que los animales de una misma especie se eliminen entre sí, mientras haya otras por eliminar, conejos, venados...».

Miraba la televisión, cuando se acercó Zé Antunes.

—Llegas tarde —me dijo.

Supongo que Bautista se lo habría advertido anoche, porque esta vez no me regañó más de lo acostumbrado. En algún momento incluso se mostró comprensivo:

—Tienes mala cara, *Toninho*. Debes de haberte quedado despierto hasta muy tarde.

La verdad es que no me quejaba. Encontré enseguida el camino de regreso desde los bajos de Tijuca, me duché en el almacén, y ahora intentaba recuperar un poco de energías, dormitando torpemente sobre el sofá esos pocos minutos que tenía libres. Aun cuando recurría al buen recuerdo de la noche, a las caricias de Julia Oliveira, la cabeza no dejaba de dolerme. La molestia se había intensificado, convirtiéndose en un aguijón implacable. Frente a los televisores veía ese ballet de luz, la sincronía perfecta de sus imágenes.

Escuché que Zé Antunes saludaba a los guardias, a Roberto, a Célia, a Clarice, a Zacarías.

Todos ellos caminaban en fila india, cada vez más lejos.

«Suponga usted que dejamos correr reiteradamente la misma pelota de ping pong frente a un grupo de patitos recién nacidos. En ese momento, sin darnos cuenta, furtivamente tal vez, habremos fijado la impronta que los hará asociar dicho movimiento rotativo con la identidad de la madre, y en adelante no será extraño ver a las cinco crías ir detrás de la pelota como lo hubieran hecho con una pata adulta, imitar esa reacción delante de cualquier esfera que despierte instintivamente su necesidad de protección, o correr y morir aplastados por la llanta de un coche irresponsable que cruzó la carretera demasiado aprisa...».

Para entonces, ya reducido por la voz susurrante del televisor, Julia conducía su cochazo azul deportivo y yo, a su lado, miraba a través de la ventanilla la hilera continua de la carretera, los postes de luz y los extensos campos a oscuras, como si todo conformara una sola e inseparable entidad. Pero, sobre todo, yo la miraba a ella. Miraba el reflejo de su perfil azul. El lunar que tenía en el cuello, junto a la yugular. De cuando en cuando ella volteaba y yo veía en sus ojos una promesa firme, fuera de mi alcance.

Tal vez por eso sonreí: porque me sentía inseguro mientras me miraba.

«Sólo los hombres cazan por deporte o matan por diversión. Los demás animales lo hacen porque tienen miedo a ser devorados, porque sienten hambre o por simple competencia territorial. Si creemos en las jerarquías evolutivas, tenemos que aceptar que la agresividad humana, desarrollada hasta niveles extraordinarios, ha alcanzado su máxima perfección en la crueldad, y que la cultura de nada sirve ante nuestros instintos, cuando nos enfrentamos a situaciones tan básicas como la amenaza frente al territorio o el miedo al que es diferente».

Julia sonreía desnuda sobre la cama.

—¿Por qué a veces hablas de cosas que no entiendo, *Toninho*?

Dejé de hablarle entonces sobre los televisores que suelen parecernos más caros de lo que son, de las palomas, de las serpientes.

—Estás loco —dijo.

Sentí que interrumpía mi papel, que el mal aliento de la mañana y la resaca que empezaba a despertarse quizá le pertenecían mucho más a quien realmente era.

—Porque haces que me ponga nervioso, de lo linda que eres dijo Toni.

—Oh, eres tan dulce, *tontinho*.

Volví a mirar su perfil en el vidrio.

Esta vez su cabellera formaba ondas perfectas sobre un campo verde, cada vez más iluminado por el brillo que se colaba por la puerta corrediza. Su lento ascenso metía el sonido del centro comercial como gorjeos matinales. Sólo unos segundos después, mis párpados se abrieron pesadamente a una hilera de patitos que continuaba persiguiendo una pelota sobre el césped.

—¿Puedo ir a buscarte luego? —escuché.

Miré a Ze Antunes, con los brazos en jarra, estorbando el televisor.

—Ya es hora, chico.

Asentí.

Pero mientras ella se duchaba, me marché sin responderle cuándo.

Abrimos la tienda hacia las diez. Sólo había conseguido descansar quince minutos extras. Lejos de lo que hubiera podido pensar, la gente fluía afuera con una continuidad inquietante: era un largo caudal de infinitas cabezas, caminatas apremiantes y necesidades insatisfechas. La vida misma en movimiento. En mi esquina, delante de la entrada principal, me las había ingeniado para tener ya el disfraz ajustado; el gran abdomen con lunares verdes; la cabeza enorme sobre la pequeña cabeza humana; el hocico, los dos colmillos blandos, el par de bien disimulados agujeros que me servían de ojos. Era nuevamente el gran cocodrilo que promocionaba los electrodomésticos de *Almacenes Mattos* bailando para los niños. Trabajando mi talento, no tardé en atraer y luego en reunir en seguida a los pequeños y sus padres. Con el equilibrio de mis largas piernas, con la habilidad de mis fornidos brazos, los llevé hasta la sección de refrigeradoras Draco, donde la habilidad de Roberto hizo el resto. Regresé a mi esquina y continué bailando. No me detuve en ningún momento. Media hora después, vi salir a una pareja seguida por Zacarías que llevaba un enorme televisor de 21 pulgadas y una cafetera de regalo. Los esposos sonreían, tomados fuertemente de la mano.

—*Toninho* —sonrió Bautista, reluciente.

Traía en la mano un catálogo de los productos Draco, desplegado y espléndido. Pronto llegaría la nueva colección de lavadoras y secadoras, un verdadero adelanto en tecnología que revolucionaba el mercado de la línea blanca en todo el continente.

—Y los tendremos primero aquí, en nuestra tienda —decía, blandiendo el folleto, a ratos besándolo y golpeándolo ligeramente, como si se tratara de una ampolleta y estuviera a punto de ensartarme una inyección en el trasero.

—Toni —me palmeó la espalda.

Tenía, como siempre, la sonrisa perfecta.

Una de las ventajas que tiene mi profesión es que puedo controlar, discretamente, a todas las personas que entran y salen de la tienda. Puedo hacer gestos obscenos sin ser descubierto, mirar escotes y pasar inadvertido. Por eso, cuando vi acercarse a Julia, única entre la multitud, no me tomó realmente por sorpresa. Me sentí perplejo, asustado, pero protegido al fin bajo toda esa barrera de goma y algodón que me escondía. La vi ascendiendo, empujada por las escaleras eléctricas, una visión magnífica que se abría paso entre la multitud. Julia, radiante, con el rostro encendido por la vitalidad que le da el buen sexo a las mujeres, pasó junto a mí sin mirarme. Sabía que había hecho todo el camino desde Tijuca sólo para encontrarme.

—Julia Oliveira —escuché que decía Bautista.

Me volví sobresaltado: en mi ensimismamiento, no había previsto la posibilidad de un encuentro entre ambos. Pero eso era lo que estaba sucediendo.

—Qué sorpresa tenerte en nuestro humilde negocio familiar —continuó.

Vestida con un escote provocador, Julia se las había arreglado para sobrevivir a la luz del día con mucho más éxito que todas las mujeres que había conocido juntas. La miré, sutilmente maquillada, desafiante bajo el despecho, pero incomparablemente hermosa y digna frente al casanova que tenía delante y que no la merecía. Sentí que, bajo el calor de la goma, empezaba a fundirse toda mi seguridad, viendo cómo ella lo encaraba con un valor que yo nunca habría reconocido en mí mismo.

—¿Y bien? —decía Julia, con voz indiferente—. ¿Sabes dónde puedo encontrarlo?

—¿A Toni? —se rió Bautista.

Sentí un escalofrío deslizándose por mi larga cola de cocodrilo.

—Sí, a Toni —dijo ella—. A *Toninho*. Tu primo. ¿Dónde está?

Bautista encontró mis ojos en mitad de la gente.

—Debe de estar en el club de yates, en Urca —noté cierto grado de molestia en su voz—. Ya sabes lo mucho que le gusta darse de golpes, como buen carioca, contra las olas.

Mi alma regresó al cocodrilo. Ahora estábamos a mano.

—Iré a buscarlo a Urca entonces —dijo Julia—. *Ciao* Bautista.

Luego pasó a mi lado, evitándome con elegancia, caminando de prisa.

Yo no existía más para ella.

No hice nada por evitarlo. No le dije nada mientras se iba. Dejé que los dos agujeros de mi disfraz apuntaran excesivamente a su magnífico trasero, mientras ella se hundía en las escaleras eléctricas y el primer piso no tardaba en engullírsela.

Poco después, Bautista la siguió. Se le veía realmente furioso conmigo, aunque no lo exteriorizó de ninguna forma ni quise yo interpretarlo de esa manera. Estábamos bien como estábamos. No valía la pena malograr el día. Al pasar junto a mí susurró que le debía una explicación, y creo yo que lo decía más por no haber sido Toni la noche entera que por haberme tirado a su novia, cinco o seis veces.

Seguí bailando, girando, bailando hasta que Gal Costa me dio una tregua prudencial.

Entonces detuve a los niños que brincaban a mi alrededor y caminé hacia la tienda sin que nadie ni nada me detuviera, inmune a súplicas y reclamos. Pese a ello, uno de los niños alcanzó a colgarse de mi cola, pero yo lo aparté con fuerza y el pequeño rufián fue a parar junto a las lavadoras. Avancé sin miedo, atravesando las palabras de amonestación que pudieran tener Zé, Bautista o cualquier cliente, padres de familia conservadores, interesados en ofrecer a sus hijos una correcta educación. Sorprendentemente, nadie me siguió. Nadie se atrevió a decirme nada. En el camino sólo me encontré con Célia, la promotora de tecnología celular, animándome con la sonrisa hueca que les ofrecía a todos.

—Lo que sea, diles que necesitaba ir al baño.

—Te cubro —dijo—, pero no esperes que lo haga más de cinco minutos.

Pensé que iba a añadir «o iré a buscarte»; pero la puerta, cerrada por el vaivén, interrumpió mi fantasía.

Fuera como fuera, me sentía enfadado.

Una vez dentro no fui directamente al baño, como le había dicho; antes me quité la enorme cabeza y la abandoné junto al grifo. Deseaba con todas mis fuerzas poder sacarme también la otra, ese blando espiral que se hundía hacia ninguna parte en el interior de mi cuerpo. Caminé hacia el casillero y rebusqué en los bolsillos del pantalón hasta que di con el sobrecito celeste que había comprado dos horas antes en el camino a Tijuca. Saqué la pastilla, la sumergí en un vaso de agua y me senté a esperar, observando cómo se desintegraba en miles de burbujas lechosas en la superficie. Miré cómo se hundía, cómo el náufrago vencido por la gravedad se adelgazaba hasta llegar a esa convulsión final que lo desintegró por completo. Pensé en las langostas reproduciéndose en proporción a las buenas ventas. En Célia sonriéndome con algo más que simpatía antes de desaparecer. En Julia buscándome en todos los yates encallados de Urca. En Bautista orgulloso de tener el catálogo completo de Draco mucho antes que cualquier otra tienda del centro. En Daniela Mercury, pensé. En los lobos que son palomas y las palomas que son lobos. En los animales que se perdonan la vida. Quizá mi cuello había sido expuesto mucho antes de saber que iba a perder. O quizá podía lanzar mis propias bolas de ping pong a la vida; conseguir que alguien me siguiera, al menos un par de metros, en lo que quedaba de ella. Mirando el vaso en paz, creí encontrar la respuesta a muchos misterios de la vida, pero no tuve palabras para compartirlas con el mundo. Tampoco hizo falta. Sólo éramos ese momento y yo. Vigoroso, inspirado por una extraña dignidad, escuché los quejidos de un niño y el grito de un padre indignado, quizá mi nombre dicho, atravesando el tabique del almacén. Escuché los pasos que venían a buscarme, amenazadores, y, quieto por fin, también el dolor de cabeza deshecho en miles de burbujas de adrenalina, me calcé la cabeza de cocodrilo y los esperé de pie, dispuesto a darles batalla.

Mi nombre era Antonio Carlos Pereira. *Toninho*.

Estaba listo.

# Tatuado

## 1

Poco después de comenzar las beligerancias en São Clemente, Pedro de Assís anunció que se completaría el cuerpo. Esa misma tarde abandonó la casa que poseía en la rúa de Niemeyer y ocupó, en el filo del morro, la barraca donde había nacido cuarenta y siete años atrás. *Mamboretá había vuelto.* El rumor de su regreso fue traspasando la ciudad como lo habría hecho una gota de agua: lentísima, permanente, fatigosamente, logró vadear el asfalto, y los pies ligeros que cargan las desgracias y las malas entrañas hicieron el resto. No tardaron en callarse; en afirmar enseguida: «Mamboretá ha vuelto». Y en poco tiempo su oscura densidad, esa pasmosa exactitud del azar que recorre el último ciclo de su historia, se depositó en las páginas principales de los diarios, y, quietamente, su metáfora obtuvo la aprobación que le hacía falta para volverse irreversible.

Era entonces la guerra.

Dos meses antes habíamos heredado los negocios de Tomé. Me refiero a Belego y a los demás caras, sobrinos y primos segundos del viejo. De pronto nos descubrimos quedándonos por costumbre en la que antes era su sala, comiéndonos su comida, haciendo las mismas cosas que hacía él, sin echarle de menos ni pedir consentimiento alguno. Tres días después del luto, cuando Belego abrió la puerta clausurada y el aire estancado se liberó como una exhalación, la vida recuperó la normalidad y ninguno de nosotros quiso recordar, en realidad, que a Tomé le habían jubilado con siete puñaladas en un hostal de São Conrado. Los motivos de su muerte –lo sabrán ya mejor que ninguno– iban a comenzar la guerra, cosidos alrededor de su cuerpo con tanta claridad que la gente empezó a murmurar, a contar historias, hasta que Mamboretá vino para confirmar en silencio las noticias que nos decían que había sido Pinheiro su asesino y no otro. A nadie cupo duda de que el viejo era lo más cercano a un padre que el visitante tenía; y aunque nosotros acumulábamos una deuda muy profunda por él, sabíamos que, antes de morir, Tomé nos había dejado otra deuda por cumplir, y que nos correspondía a nosotros lidiar con ella.

Fue un jueves.

La puerta abierta nos sonreía como una boca sin dientes, y, a pesar del luminoso mediodía tras los cristales, el grupo de negros se dispersaba por el taller con una circunspección nocturna. Lo habían ocupado en nada, examinando y removiendo cada resquicio de la casa, geométricos en su experiencia. Buscaron, sospecharon y no tardaron en quedarse quietos. (Luego supimos que esa misma tarde Pinheiro había ordenado matar a Andorinho como hiciera antes con el viejo: atado de manos a la espalda, pinchado en el abdomen y con el cuello abierto, un párpado dormido sobre la mesa llena de recortes y papeles rojos que respondían a la amenaza del regreso). Los vimos a través de esa óptica de suspicacia que nos llevó a pensar. Pero el rubio Mamboretá nunca sintió miedo. Sus ojos miraban con el mismo fuego azul pálido, y esa autoridad que arrastraba como el vértigo de una poderosa adicción gobernaba cada uno de sus gestos, incluso los que, como entonces, sólo eran dictados por el desaliento. A sus órdenes muchos morían con agrado, según supimos y comprobamos luego, pues su droga era grande, y cada vez que mataba a sus enemigos plegaba sus manos afiladas y graves y oraba por ellos como si en verdad sintiera lástima por su propia fuerza.

Mientras se apoderaba del taller, sin más bienvenida que una mano descubierta, los negros detuvieron su acecho y se asentaron pesadamente, ocupando el local, tejidos por una extraña red de estrategias y supersticiones. Miraron a través de los visillos, la escolta en alto, y aunque todos sabíamos que nada sucedería, el más antiguo de ellos –un negro llamado Cuaresma– insistió en que nadie saliera y nosotros acatamos sus reglas en silencio. Luego Mamboretá hizo un alto con la mano y, en conjunto, la escena toda se detuvo. Nosotros pensamos en Tomé, en su gran sonrisa de gato formándole arcos en las comisuras de los labios, en su camiseta sin mangas sacudiéndose sobre el pecho de vellos blancos y en las enrevesadas cadenas de oro, tan gruesas y brillantes como cordeles de mata. Él le habría dado la acogida acostumbrada: un abrazo, efusivas muestras de afecto. Pero ya no estaba más aquí y nadie supo cómo interpretar esa antigua ceremonia sin el caudal de su risa. Pese a lo cual, Mamboretá se sentó en el único sofá del cuarto como había hecho tantas veces en nuestra ausencia, y las palabras que Tomé había anunciado que diría escaparon ahora con una perfecta sincronización de su boca. Y fue como si el viejo Tomé nunca se hubiera ido de nuevo.

–Alguien que se llame Belego... –dijo, por fin, el visitante.

Buscamos a Milton en un ángulo de la sala.

Ahora lo sabíamos: a él, sin duda, tocaba sellar la profecía del viejo.

—Es lo único que sé por ahora —insistió Mamboretá, arrellanado ya en la comodidad del mueble—: Que se llama Belego y que era el protegido del viejo.

Mamboretá ya no dudaba:

—¿Puede ser?

## 2

Cuando bajaba a la orilla de Copacabana, cargado con esa piel verdosa y su exuberante sombra de rapaces negros, São Clemente sabía que Mamboretá era quien decían que era porque nada lo describía mejor que sus huellas. Tenía cobradas muchas deudas y cada tatuaje en su cuerpo significaba una guerra victoriosa, incluso alguna que no había peleado aún. Tal vez por eso nunca se arregló con Pinheiro, un antiguo socio del sector que se había tornado incómodo en sus cobranzas a la zona sur, y que no tardó en convertirse en enemigo suyo cuando consiguió que alguien lo abasteciera, discretamente, desde los interiores de Sergipe. Desde mediados de los sesenta, São Clemente había crecido como crecen las bestias: puro instinto, pura libertad. Cuando se hizo grande ya era tarde para domesticarlo, y en sus entrañas latían los gérmenes que no tardaron en explotar cuando las primeras cometas volaron el cielo en la favela más próxima y muchos de los zafados de Pernambuco encontraron en sus barrios el tránsito natural hacia las zonas más ricas de Río. La autoridad política se resumía a rondas de uniformados azules, cuyos cascos brillantes, oteados desde lo alto, semejaban el resto de la ciudad: ese panorama que sólo nos permitíamos ver como si se tratase de los reflejos mismos del océano. Así, en esta ley muerta, el negocio prosperó. Pero el día que Mamboretá descubrió que Pinheiro le restaba poder tratando a sus espaldas, quiso engullirlo como un antiguo dios a su hijo, y la guerra no tuvo tregua porque Pinheiro tenía más poder del que se había sospechado. Durante soles y lunas, los insectos de la peste cruzaron el aire del morro. Dejaron libres los rugidos de sus ráfagas de metal, fecundaron de cartuchos la noche; rozaron invictos y se zambulleron sin pecado en las carnes blandas de la gente. Muchos cayeron. Otros se levantaron. Pactaron. Traicionaron. La guerra se dilató hasta convertirse en meses y días. Pero nadie supo, hasta la tarde en que a alguien se le ocurrió contarlos, que los muertos pronto formarían un montículo tan prominente como aquel que ahora nos daba espacio para la vida. Por último los diarios, haciéndose eco de voces sensibles, involucraron al Planalto y pronto se oyeron notas de conciliación, tal vez buscando no verse empantanadas por infiltrados azules y más patrullas que bloquearan el próspero negocio de la droga en el nordeste. En el fondo, los viejos líderes empezaban a mirar con buenos ojos las estrategias de Pinheiro, su refinada fórmula para hacer negocios. Y aunque continuaron abasteciendo a Mamboretá con grandes encomiendas, en alguna casa, en el paseo de Tiradentes, vestidos con calzados blancos y una recatada elegancia civil, terminaban de relegar su gobierno a las zonas menos importantes de Río. En su infinito poder, sólo bastaba a los antiguos señores que cerraran sus dedos para terminar esta historia. Así quisieron ellos que fuera. Y así fue.

# 3

En realidad se llamaba Milton Menezes, pero aquí cada uno es como quieran bautizarlo en sus calles. A él le habían llamado Belego desde que era un crío. A Pedro de Assís, Guaraní o Paraguayo, del modo como bautizaron a su madre cuando llegó, viuda y sin más propiedad que el niño que ya se gestaba en su vientre. Pero Mamboretá se llamó a sí mismo con el tiempo, lejos del Ceará de sus padres, de su padre muerto, y, más que con el tiempo, se había hecho un hombre con sus actos, y esto es tan definitivo y merecedor de respeto como la leyenda que lo acompañó desde entonces en el corazón de São Clemente.

¿Les digo algo ahora que tenemos tiempo y su historia mantiene la mejilla tibia? Su historia es una cosa grande. Visto así... ¿Cómo empezar? Tal vez la tarde en que llegó al taller de Tomé, reclinándose en el único sofá del cuarto, diciendo a los negros: «Era el protegido del Misionero. Su nombre es Belego. Dios guarde en su gloria a todos los hombres justos que vivieron en nuestra tierra». Sí: *Mamboretá había vuelto.* Los negros, santiguándose al igual que él, ponían las mismas caras compungidas y austeras que era su modo familiar de guardar respeto a los muertos. Les vimos estrecharse las manos con fuerza, como si se hubieran conocido de mucho tiempo antes. Y entonces, de improviso, Mamboretá se había puesto de buen humor, ordenando que nos dieran algo de hierba a fin de que siguiéramos fumando mientras Belego le tatuaba el cuerpo. Agradecimos. El taller era modesto y no quisimos molestar. Apenas una luz hambrienta se filtraba lamiendo las ventanas, e incluso el rumor de un desfile en el barrio medio entraba pidiendo permiso, discretamente, cabizbajo.

Pese a lo cual, Belego llevó a su esquina a Mamboretá, se cubrió con el biombo y trabajó. De cuando en cuando oíamos la voz del visitante a través del frágil tabique, una voz desatada como un gran ovillo de lana que caía sobre nosotros como persianas a media tarde. Belego, entretanto, callaba. Y nosotros callábamos, imaginando que había sacado el dibujo de uno de los cajones y que se lo enseñaba orgulloso, porque de pronto el otro decía *hermoso* y sabíamos que eso sólo podía decirlo viendo el grabado que había dejado el viejo. Calcaba, sin duda, la imagen sobre el pecho de Mamboretá, el único lugar que Tomé había dejado más de quince años descubierto para que Belego pudiera terminarlo ahora.

La aguja empezó a funcionar. Oímos al inconfundible insecto hacer su trabajo.

—¿Alguna vez le dijo por qué había elegido este espacio en blanco?

Los negros fumaban y hacían ruidos entre ellos, como si fueran cuervos: distantes en nuestra ronda de hierba, nosotros los escuchábamos.

Mamboretá decía:

—No, yo quería que me lo tatuara desde la quinta vez que nos vimos. Me disgustaba que fuera justo ese trozo blanco sobre el corazón el que guardaba como una invitación a la muerte. Pero el viejo se negó siempre, los meses siguientes, cada vez que volvía. Un año después insistí. Nunca dijo nada. Pero la voz no sonaba insolente y, conociéndolo como lo hice, no podía dejar de tener sentido y tuve curiosidad por saber qué se proponía. Así que le pregunté quién lo haría si no lo hacía él. *Belego*, dijo por fin. El nombre me sonó familiar. Algo que le habíamos escuchado decir mi madre y yo, cuando el viejo todavía nos visitaba a diario para predicar la palabra de Dios, cuando São Clemente era apenas un montículo de pequeñas barracas armadas con retazos de caravanas recién llegadas desde el litoral de Ceará o Bahía. En su boca, el recuerdo sonaba como una de las antiguas parábolas, los ejemplos religiosos que solía contarnos, la imitación de algo que tuvo importancia y que ahora sólo boqueaba cómicamente fuera de la verdad más absoluta, como lo hacen los peces fuera del agua. Así que le respondí, riéndome: «¿Desde cuándo se ha vuelto supersticioso usted, viejo?». «Desde que tatúo a un muerto», respondió. Dudé. Y enseguida dijo: «Sólo los muertos pueden no morir». La idea no me disgustó del todo. Pero aun así le dije: «Se arriesga usted mucho con la boca. Un día cualquiera se va encontrar con un cara que se la cierre malamente». Él se rió entonces, lo recuerdo. Pero Cristo, Nuestro Señor, que lo tiene hoy en su gloria, ya me había escuchado decirlo.

Afuera había empezado a crecer un sonido débil y susurrante. La fiesta que iba gestándose con discreción a través de paredes, maderos y montículos de desperdicios, las viejas marcas de la ciudad que miraba invicta a lo lejos, nos sonreía. Recordamos que las fiestas del barrio medio celebrarían el nuevo año hoy, bajando hasta Copacabana por una ruta zigzagueante que resumía el camino salvaje que deberían atravesar los hombres hasta encontrar el reino de Yemanjá; mujeres balanceándose bajo el peso de sus plumajes y aceites, sus vestidos de hilo blanco, sus panderetas y tambores dándole forma a sus cuerpos de barro, escultores dedicados a la perfección. ¿Qué otros paraísos escondían esa sensualidad parda, esa turgencia que se arqueaba con destreza en ondas que iban a restituirse, finalmente, al festín del mar? El sol brillaba detrás de los visillos y nos hacía gestos, guiños delicados, para que viéramos una señal que no supimos ver. Ni siquiera prestamos atención a lo que Mamboretá decía, con la lucidez de un clarividente.

—Cuando algo termina, hay que estar preparado para empezar de nuevo.

Belego apartó la cara de la ventana, donde algunos cuerpos empezaban a parecer más reales a través de su bruma de suciedad. Era difícil distinguir el sonido que llegaba partido como a cuchilladas. El día, hecho harapos en el horizonte, se convertía en un lugar diferente.

—Es lo que respondió Tomé —concluyó.

Pero, en silencio, Belego ya lo sabía.

Eran las palabras que el viejo le había repetido toda su vida.

## 4

*A veces no veo una, sino varias señales en lo que hago. No es un papel que se echa a la letrina cuando el boceto se ha lastimado o ha perdido encanto a tus ojos. No es como el amor ni el miedo. No alcanza la profundidad de la culpa; pero su marca, fija a tu piel, adquiere para siempre esa resistencia peculiar que se enraíza hasta convertirse en parte misma de tu identidad. De lo contrario no la elegirías como tu compañera hasta el día de tu muerte, que es el final de la vida, de nuestra esencia toda. Ya no habrá más camino. Eres un maldito kilómetro perdido en mitad del desierto. Su marca es inalterable, como la muerte en todas sus posibles formas, y es bueno que así sea, pues ser consciente de su cualidad irreversible significa respetar profundamente la vida. Piénsalo así. Es lo único que sabes con certeza que estará contigo. No una amante, no una esposa, no un hermano; no un recuerdo agradable; no una imagen amistosa, familiar, a la vista. Sólo tú y el tatuaje, invitados al espectáculo de tu respiración acabando. ¿Hay algo más grande que esto? ¿Algo mejor que ver ese espectáculo posible, como otros miran a una madre pariendo la vida?* Con certeza que sí. *Una vez que la costra haya caído de tu carne, no faltará más a su cita: verás tu brazo y ahí estará; se despedirá, ¿y luego qué? Tu piel se llenará de otras marcas, ceños, arrugas, matices, hasta que, devorada también por el tiempo que todo lo corroe, se integrará nuevamente en el andrajo de tela de donde nuestro artesano saca todas las pieles que visten hombres y mujeres sobre la Tierra. En el fondo, sólo el odio tiene una tinta similar, tan oscura y definitiva como ella. Pero tampoco sobrevive: poco antes de morir, todos los hombres somos justos; a nadie falta bondad ni epitafios generosos, ni lágrimas, ni un recuerdo gentil. El mapa de tu vida escrita. ¿Qué le da un poder similar a un hombre?* Matar *a otro.* Sí, *matar a un hombre. Es el único acto semejante a dejar un tatuaje en el cuerpo: matar a un hombre. Pero detente en este punto. ¿Quién quiere un estigma tan debajo del cuerpo, tan anclado en él como para hundirse en los abismos de su propia conciencia? La única marca que estará esperándote el día que cuelgues el aliento y la piel, antes de sumergirte en lo inmaterial, te observará, quedándose en el sitio que le diste en el mundo. Desde lejos te dirá adiós, y está bien que así sea. Elegir será siempre la misma responsabilidad, la misma sabiduría: que tú también, en silencio, hayas terminado por llevarte algo importante contigo.*

## 5

Mamboretá siente curiosidad:

—¿Alguna vez has estado en la cárcel, Belego?

La pregunta no parece sorprenderlo, aunque la voz del visitante, sí. En cierto modo, no es un aire confidencial, sino casi cómplice, el que los une. Pedro de Assís adopta una suave rigidez; pero su expresión, en cambio, serena y humilde a través de sus ojos, termina por tranquilizarlo. Entre el pulgar y el índice de su mano izquierda tiene la respuesta, quieta como una ola en la orilla: un tatuaje con siete cifras que cualquiera que haya atravesado Araraquara podría interpretar sin problemas. Su pregunta, vista así, suena torpe, sólo circunstancial, tautológica. Pero a pesar de ello, Belego continúa pinchando sin perder la concentración, pues su respuesta no le exige ser elaborado ni paciente, y entiende que se trata de una burda cortesía.

–Sí –responde–: Fue hace tiempo, en una prisión de São Paulo. –Se justifica–: Una acusación necia. Celos, tal vez. Nunca lo supe bien. Dios sabe que para los pobres nunca hubo justicia en los tribunales, y que si sobreviví fue sólo por la protección de alguien tan grande como él. –Se atreve–: ¿Y usted, señor?

Recostado como una ballena sobre la arena, Mamboretá abre una boca dotada de grandes y relucientes molares, y un trozo de oro situado entre el colmillo derecho y los frontales superiores de sus fauces lo iluminan con fuerza. El brillo vulgar de su dentadura, a pesar de todo, desluce su expresión, que revela una compleja secuela de sentimientos, tan enrevesados y oscuros como los tribales que cubren sus antebrazos.

Por fin, su risa se cierra, como una trampa.

–Sí –dice–. Por matar a un hombre.

–Matar un hombre –repite el otro.

–Sí, matar a un hombre... –dice el visitante–. Matar un hombre.

Se ríe, sin motivo aparente:

–¿Y tú?

Belego se detiene, aleja la aguja de la piel y la reposa junto a la tinta.

Sus ojos, al contacto con los otros, se embadurnan de una esquiva grasa.

—Bien... —comienza.

Se había repetido esto miles de veces mientras imaginaba la situación; miles de veces, duplicando su voz, miles de veces apostando por la expresión que pondría la primera persona que conociera su pecado. Y, sin embargo, cada vez que lo intentaba, se le escapaba una respuesta simple, decía: «estafa». Una escueta, adecuada demostración de que lo suyo también se había ido y de que ahora estaba en paz con su pasado. Pero teniendo a Mamboretá delante, su respuesta ahora lo hace reflexionar, y Belego presiente la poca fortaleza de su delito frente a la definitiva marca del otro. Enflaquecida su voz es como si de pronto toda seguridad lo hubiera abandonado por completo.

—Por algo similar —dice al cabo.

El visitante golpea sus muslos con fuerza.

—¿Algo similar? —se indigna—. Me estás jodiendo, cara. En esta vida que yo conozco, a un hombre lo matan o no lo matan. Nunca hay algo que se le parezca a matar un hombre. Uno simplemente lo hace cuando llega el momento, ¿comprende? —Se detiene—. Así que, ¿qué me dices?

Se libera:

—Que hay muchas formas de matar a un hombre, señor. Y que la peor de todas es salvándolo.

# 6

A los otros les había tomado tres lustros y medio crecer como lo hacen las raíces de los árboles. Ahora sólo quedaba esa región, muy cerca del esternón, por cubrir. El resto, colmado de tribales negros en sus antebrazos, escenas bíblicas –la crucifixión y el milagro de las aguas hendidas en el desierto–, abdomen y espalda cubiertos por demonios japoneses, fueron explicándose hasta que todo alcanzó un sentido, casi un libro trasparente en el que podía también leerse, a través de los ojos del viejo, cómo había abandonado aquel su fe de misionero para convertirse en el sedentario tatuador de una barraca de São Clemente. Había un irezumi de peces negros y un código kanji que el visitante tradujo como un viejo nacionalismo sentimental: *Ordem e progresso*. Había una mujer de perfil que sonreía con la mirada lánguida, un reloj sin manecillas y un leopardo emergiendo, entre la vegetación, en el estado salvaje con que la sangre guaraní de su madre lo había parido. Belego imaginó que la secuencia se deslizaría pantalones abajo y que habría mucha historia por descubrir. Estaría, sin duda, Rocha, el sargento al que acribillaron en Vidigal cuando supieron que negociaba con un nuevo distribuidor de Pernambuco. Emerson y Queiroz, desbarrancados hasta el asfalto tras dieciocho cartuchos, cuando quisieron montar un clan, el Comando Vermelho, abortado tres semanas antes de nacer. Quince años eran mucho tiempo. Belego encendió la máquina y se acomodó. «Cuando algo termina, hay que estar preparado para empezar de nuevo», se dijo. Había llegado el momento de comenzar. Pero era más que comenzar y terminar; mucho más que terminar y comenzar de nuevo. Era llegar al final del trayecto, el mapa de toda su vida, cerrando por fin su ciclo. *¿Comprendía?* Todo final es un comienzo, repitió en su cabeza. Y aunque no sonó original, esta vez, al menos, viendo aquella otra piel en plenitud, tuvieron coherencia en sus actos, esta vez, palabras y recuerdos.

Belego señaló la litera y Mamboretá se reclinó. Pero antes le recordó su promesa, la promesa que le había hecho Tomé y que ahora, por herencia, era también la suya.

—¿La tienes? —insistió antes de acostarse. Sin duda, se refería a la orquídea.

—La tengo, sí.

Fue por ella hasta el cajón donde conservaba el molde intacto. Revolvió los papeles. No dejó que Mamboretá la viera, porque sabía que no entendería ni su forma ni su significado hasta que estuviera integrada en el resto de su cuerpo. De cualquier modo, nada tardó: cuando el papel se separó de su pecho, había dejado en su piel una tinta malva que sería el rastro visible que repetirían ahora juntos aguja y pulso.

Mamboretá miró la figura frente al espejo.

—Hermosa —dijo.

Sí, *era hermosa.*

—Exactamente como afirmó que sería.

Se reclinó, pero quiso saber algo.

—No te lo he preguntado antes por respeto al viejo.

—Dígame.

—¿Cuántos años tienes?

—Diecinueve —dijo Belego.

Mamboretá asintió: no era difícil deducir que el viejo había abandonado su castidad mucho antes de establecerse en São Clemente.

—Te pareces a él —fue lo único que dijo—, mucho más cuando veo en ti las cosas que ya no tenía. —Cerró los ojos y su espalda se apoyó en un suave molusco de tela del que ya no se movió de nuevo—. Anda, comienza ya, ¿quieres?

«Sí», pensó: «Comienzo. Todos somos malditos kilómetros perdidos en mitad del desierto».

Mientras la fiesta continuaba fuera, la máquina hacía su trabajo. Pigmentaba su piel con breves picotazos, la tinta inyectándose en él como un veneno negro.

Por unos minutos, sólo aquel insecto sobrevoló su pecho.

Escuchándolo bien, atentamente quiero decir, metiéndose bajo la dura piel del visitante, había un ligero sonido de electricidad que latía. Sí: había un pequeño corazón latiendo.

## 7

Uno de los negros habló sobre Tomé. Habló sobre cómo había predicado la palabra de Cristo Nuestro Salvador, hasta que, perdida su fe, el viejo había terminado vagando en los desiertos de la clarividencia. Hablaron sobre antepasados africanos y magia. La fe era cosa importante, decían. Pero el perdón era el principio de la fe, y la fe era el final de todas las búsquedas.

—Un día de estos —oímos que tomaba la palabra, alzaba la voz el más joven de los cuatro—, voy a saltar de esta ventana, a diez pisos del suelo, y no moriré. Escúchame bien, ciudadano. Saltaré e iré caminando al banco y luego al hogar. No será de noche ni será un día triste. El día que sólo tenga fe en mí mismo saltaré y ese día será un día iluminado. Habrá luz. Luz por todas partes, en todos los ojos, en todos los espíritus. Escúchame bien, porque ese día lo habré logrado. Hay dos tipos de personas en la tierra. Los que se lanzan sin fe en sí mismos y se matan en el vacío. Y los que se lanzan con fe en sí mismos y caen sobre sus pies y caminan. Jesucristo, Nuestro Señor, caminó sobre las aguas del océano, sobre la tentación, sobre el fango de la muerte, y no se hundió ni en sus abismos ni en sus oscuridades porque sólo tenía fe en sí mismo; ya había perdido la esperanza en los demás y sólo su fe lo protegía. Los que son como Él no dan importancia a lo que dice el resto para desanimarlos ni vencerlos; para ponerles fin. Si tienes fe en ti mismo, hermano, ¿cómo puedes morir?

Oteamos por curiosidad el origen de aquella voz esperando encontrar una entidad disuelta en la tarde, pero sólo vimos un cuerpo más, uno: un cuerpo como cualquier otro.

Al rato, Belego asomó la cabeza sobre el tabique. Sólo Cuaresma, autorizado por él, atravesó el biombo que los separaba del jefe y se perdió detrás de la envejecida tela, como arropado por el ala abierta de un gran pájaro. Escuchamos, desde allí, que elogiaba el tatuaje, y nos acercamos por eso con curiosidad y precaución. El dolor que Mamboretá sólo le había permitido al viejo, esa intimidad que había preservado siempre al vaciar el taller cuando sabía que Mamboretá llegaba, se había acabado, y no había nada más que pudiéramos temer. Belego dibujaba el último trazo casi dos horas y media después. Miraba sobre sus gafas y limpiaba con la esponja los restos de tinta que habían goteado de la aguja como lágrimas de un pesado rimmel. *Los errores en este negocio dejan indicios de imperfección: son lunares o cicatrices con dioses culpables de su obra. Hay alguien a quien maldecir, recordar con aversión o culpar de nuestros fracasos, a diferencia de las grietas y marcas que nos deja el nacimiento, obra de dioses impersonales y anónimos que no responden por su obra.* La piel todavía seguía abultada por la fricción del metal, pero el molde, la mancha moradoverdosa, emergía bajo la inflamación. La orquídea nos enseñaba su belleza difícil, sus ocultos sentidos, y Mamboretá sonreía con una conmoción que nos hizo pensar que realmente comprendía su significado.

Sonreía, sobre todo.

Y levantó la cara.

Esta vez nos enseñaba sin pudor, inofensivamente, la marca que tantos hombres se habían llevado como el último recuerdo del mundo; esa mezcla de satisfacción y lujuria que ahora sólo era satisfacción mientras hablaba:

—Esperé quince años para rellenarlo —decía—: pero nunca supe que sería así hasta que decidiste ahora.

Se palpó el pecho, sobre el esternón; luego palmoteó la espalda del muchacho y dijo:

—Creo que lo hiciste bien, Belego.

Milton estiró su mano, su mano libre de los guantes de cirujano que colgaban ahora como otra piel sobre la mesa. Una vez librado de su deuda, era también como un reptil que dejaba atrás los rastros de su personalidad. Una cola; una escama menos. Cuando ya se habían marchado, una orquídea aguada en negro y gris, con sombras y tonalidades rojas, se había plantado para siempre en el cuerpo de un hombre muerto.

*Es lo que dicen. Que las orquídeas pueden llegar a vivir eternamente, pues su vida es tan longeva como el árbol que les da protección.*

Dejó al visitante examinándose en el espejo y fue a servir dos vasos de agua.

Regresó enseguida con ambos, llenos hasta el borde.

—Beba —le dijo.

Se miraron sin vacilación. Bebieron casi al mismo tiempo.

—Ya que tiene la orquídea en su cuerpo —dijo, mientras recibía el vaso seco— no se olvide en adelante del agua.

Mamboretá asintió, incorporándose lentamente de la litera.

—Lo tendré en cuenta —dijo—. Ahora lo correcto es que oremos por Tomé.

Plegó sus manos largas y delgadas y cerró los ojos.

A su lado, Belego reclinó su cabeza en reverencia, más por respeto.

Nosotros hicimos lo mismo.

—Oh, Señor Jesucristo —su voz se inflamaba y decrecía, como un latido viejo—, así como en el Cielo preservas a quienes profesaron tu reino en el mundo de los hombres, así en tus manos descanse el espíritu de Tomé, consejero justo, amigo leal, para que la generosidad de tu nombre sea dicha y no reciba más auxilio que tu fuerza cuando el tiempo aliste el camino de tu regreso en la guerra contra el pecado. Líbreme de todo mal, propio y ajeno. Amén.

—Amén —repitieron los negros fuera.

—Amén —dijimos.

Mamboretá se alisó el pelo. Le aplicamos un cicatrizante, hidratamos su pecho y lo cubrimos con una gasa trasparente. Luego se puso la camisa sin dificultad y habló nuevamente sobre el viejo, de lo bueno que había sido con él, mientras empezaba a marcharse.

—Era un hombre legal —dijo, y ya en franca despedida, esta vez su mano se cerró sin fuerza.

—Tienes suerte de haberlo tenido como padre.

Se abotonó la camisa, y al poco rato ya se habían marchado.

Escuchamos cómo se alejaba el automóvil antes de cerrar la ventana.

Aquí dentro, Cuaresma había dejado un gran fajo de dinero sobre el sofá. Soltaba sus hojas, como una mazorca abierta, por encima del sobre; pero nosotros apenas lo contamos.

En el fondo, sentimos vergüenza.

## 8

Dentelladas de luces sobre la piel. Dorsos desnudos, atisbos livianos, penachos que oscilan como si la tierra se hubiera doblado de pronto para festejar su avance. Un corazón golpea: *¡Dom! ¡Dom!* El paso de la batucada, su intempestiva lluvia, es la última señal que observan antes de plantar el automóvil en un tramo prohibido de la acera. Mamboretá les ha ordenado que frenen mucho antes, cuando siente que los primeros espasmos en su estómago le retuercen el cuerpo. Detenido ahora, de pie, a sólo algunos metros del auto, vomita tanto al lado de una farola que ya no sabe distinguir cuándo ha dejado de hacerlo. Desde el barrio medio, la inagotable hilera de gente parece no tener fin: baila, gira, baila. Las máscaras de diablos festivos y pieles desnudas, lubricadas con un peculiar brillo de plata, continúan su implacable recorrido hacia el mar. Los negros, protegiendo al líder, esperan en la acera con las manos atentas en sus armas; pero allá va un hombre con plumas que los saluda, y uno empieza la mofa y los otros no tardan en seguirlo. El menor habla del regreso del fuego en los reinos de aquí abajo; pero los otros lo callan con indiferencia. «Oh, Señor Jesucristo». La música alta acompaña la comparsa, el sonido del tambor marca el ritmo de la fiesta como un secreto corazón que late. «¿Bajas a Leme?», le gritan. El hombre de las plumas los distrae, menea un trasero calvo y dice: «Aquí». ¡Dom! ¡Dom!, se golpea las ancas como si fueran un instrumento y los negros lo festejan con bulla, aunque, en su excitación, no aciertan a seguir las manos que descuelgan ágilmente un animal de hierro casi tan poderoso como los suyos. Entre las tiras de colores, las estampidas del espectro del atardecer, un anestésico efectivo llega zumbando, atraviesa espíritus aéreos y paraliza el malestar que lo aqueja, doblado sobre la acera. Mamboretá sabe que aquellos estertores no son fuegos de artificio sino emisarios de una fiesta distinta. Ya es tarde, pues. El abdomen le dibuja un agujero perfecto, y él no tarda en admitir que lo han perforado tan limpiamente que parece una invitación que terminó aceptando. ¿Puede culparse a alguien de esto? No tarda su espalda en explotar como un globo hinchado con demasiada fuerza; el dolor apenas tiene resistencia frente a ese mensajero competente que ahora continúa su ruta con dirección al mar. Mientras pliega sus ojos, lentos bajo el deslumbramiento, el cartucho escapa, siente el aire libre detrás, el absoluto sentirse afuera. Otros sonidos suenan. Cristales rotos. Metal amortiguando golpes. El auto huye, y allá a lo lejos, el batuque continúa su fiesta en dirección a Leme, desciende como un riachuelo rojo y brillante que alimenta el sol. Se enciende. Se apaga. Desaparece luego. Y Mamboretá, grande como era, sólo se permite un último capricho antes de morir: bajo sus ancas calientes, la superficie del asfalto adquiere la suave textura de una colchoneta, y ahí, boca arriba, frente a la esfera blanca que lo mira como un enorme cíclope, ya no se levantará de nuevo. *Bienaventurados los que aman porque de ellos será el reino de los cielos*. Pienso que eso dirá. Que su fe, pese a todo, se mantendrá invicta. Y que sus ojos, que se cierran, serán como una trampa que lo mantendrá cautivo por los siglos de los siglos, amén.

El hombre de las plumas lo miraba ahora desde arriba, vestido con rostro serio, mientras su cabeza eclipsaba el sol.

—¿Está muerto? —dijo el otro.

—No lo sé —respondió, el revólver todavía caliente en sus manos.

Apuntó y alejó la cara. La frente de Mamboretá estalló y el olor de la ceniza se hizo concreto.

—Está muerto —dijo.

Al día siguiente alguien había pintado un graffiti en la pared. A pocos metros de una marca que empezaba a negrear cerca de la vereda, quedaba un dibujo extraño, una flor abierta. *Pinheiro reina*, decía. La orquídea, al igual que en el pecho de Mamboretá, había abierto sus pétalos y florecía ahora con el rojo intenso de los besos. Esto es lo que oímos decir, en cualquier caso. Que poco después alguien vio salir a Belego en dirección a São Clemente, o que Pinheiro llegó; y que, salvo por los siete números tatuados que traía éste en su mano, nunca tuvo otra marca que no hubiera sido hecha por su propia vida. No me consta que así haya sido, pero es lo que dicen que aconteció y eso me basta. Mi silencio, al igual que el de los demás, es lo que los antiguos deciden; y estos dicen que esa misma tarde, la primera cometa no tardó en aparecer en el cielo.

Fue el primer símbolo de nuestra reconciliación.

# El mago

*«Todo, además, es la punta de un misterio. Inclusive los hechos. O la ausencia de ellos. ¿Duda? Cuando nada acontece, hay un milagro que no estamos viendo».*

*El espejo*, Guimarães Rosa.

En la rúa de Magalhães, trescientos metros de camino directo desde Oliveiro Branco, todo lucía gris a causa del temporal. El coliseo, un caparazón de cemento, se derretía lentamente como un espejismo sucio al pie de su perspectiva. Llovía. Y lo peor de todo –pensó Evangelista– era que *llovía*. Esa forma curiosa de sentir la lluvia cuando escuchas el rumor que produce su continuidad, y sientes cómo picotea sobre el paraguas, y sientes un sonido botánico que todo lo resbala mientras va formando líneas paralelas en la pista. Pero no es el tacto de su humedad afilada la que, después de todo, te hace reconocer que llueve. Es su sonido. La calle cruzada por sombras que van buscando un refugio; los quietos y redondos fanales como ojos de batracios, apuntándote el camino de luz por el que deambulan puntos de lluvia. Pero, por encima de todas estas percepciones, uno sabe que llueve, mucho antes de ver las ráfagas de agua o de mojarse los cabellos; incluso mucho después, cuando ha escampado ya por completo y el cielo se abre como un par de aletas que respiran, asomándose a través de las nubes. *Pero los sonidos se pierden se pierden se confunden*. Son como el latido de un corazón o el reloj que descansa en la mesilla de noche. De pronto un día los oyes.

Y eso es todo.

Ahora Evangelista, detenido frente al afiche del espectáculo, fingía leer en silencio esas mismas letras irregulares que había encontrado al recoger el volante del suelo. Se protegía bajo el cobertizo del coliseo, y dejaba escurrir su paraguas, formando un pequeño charco de agua gris sobre los adoquines. A su lado, una mujer enjuta y de color cetrino lo miraba con una expectativa vacilante.

—¿Qué quiere? —dijo Evangelista, sin soportarlo más tiempo.

—*¿Entradas pro espetáculo da noite?*

Los grandes ojos de la mulata lo traspasaban desde una taquilla inverosímil: un ajado pupitre y una bolsa llena de monedas y billetes doblados sobre sus muslos.

—¿Entradas, dice? —espabiló Evangelista—: Con lo que cuesta una hora de función aquí puedo alimentarme una semana entera.

—Bueno —dijo la mujer, reacomodándose en su sitio—, nadie lo obliga a entrar si no quiere.

Era cierto: nada lo obligaba a permanecer ahí. Después de todo era libre de coger su paraguas, salir de aquel cobertizo y desandar el camino hasta la cuesta de São Clemente, desde cuyas obstinadas pendientes no le costaría mucho regresar a casa. Pero no lo hizo esta vez, como tampoco lo había hecho antes. Algo se lo impedía. Algo que lo acechaba desde la tarde previa, cuando levantó el volante por primera vez del suelo y descubrió la semejanza de aquel rostro exacto multiplicado en el papel, ese imposible recuerdo que no lograba descifrar en su memoria. «Xavier Ptolomeo, el ilusionista», leyó el afiche que tenía delante, letras inclinadas y luminosas como si hubieran sido dibujadas por los aletazos de un ave: «El primer ilusionista de São Paulo... ¡un espectáculo que no puede perderse!». Y detrás de las letras, la fotografía, deliberadamente azul y blanca blanca blanca, oscilando como un torbellino de miles de plumas.

El rostro era confuso, pero algo le resultaba familiar en él.

*¿Dónde lo había visto?*

–¿Lo conoce? –se oyó preguntar Evangelista, saliendo súbitamente de la imagen.

La mulata, detrás de él, ensortijaba su pelo con un mismo ritmo dócil y acompasado.

–Sólo sé que hace magia –replicó, sin mirarlo.

–Después de tanto tiempo –dijo Evangelista–, seguramente usted se estará preguntando por qué no me marcho a casa. Y la verdad es que yo tampoco logro comprenderlo bien. ¿Por qué no me voy? Ni siquiera logro saber lo qué estoy haciendo en esta calle, en primer lugar, hablando con usted.

Palpó sus pantalones, su chaqueta, y echó de menos un cigarrillo.

–Xavier Ptolomeo –se dijo–. ¿Qué clase de nombre es ése?

*¿No había nada más que pudiera hacer?*

Nada en absoluto, pensó. Y tampoco esta vez consiguió marcharse.

Evangelista revolvió sus bolsos y sacó dos billetes húmedos y fruncidos, sin duda manipulados una y otra vez, de manera inconsciente, a lo largo de la noche.

–Sólo espero que valga la pena esto –murmuró.

* * *

–El color negro absorbe la luz. Es un pozo profundo donde no existen colores. Los ojos descansan porque no encuentran desafíos; no interpretan y el cerebro se suaviza, entra en un vértigo tranquilo semejante al comienzo de todo, que suele ser lánguido como el sueño. *Es* la negación de la luz. Por eso resulta fácil ocultar las sedas en el sombrero, ¿vio? Por eso los sombreros son negros, y los casilleros donde el mago se oculta para que lo mutilen o desaparezcan; todo negro en suma, negros incluso el universo y la noche, ahí donde se esconden la vida y los hombres. Pero en cambio vea cuán difícil es resistir a la luz cuando nos enfrenta. Vea el color blanco, por ejemplo. Concentra todos los colores que existen, y sin embargo, es un espejo excesivo: los revela todos, la luz entera la devuelve por completo. Véalo cómo destella cuando lo mira de frente. *Véalo destellar, vea cómo destella.* ¿Ahora me comprende? Sin embargo, uno dice siempre que teme la oscuridad. Y más que a la oscuridad, uno teme a la idea que se ha formado de ella. Por eso —dijo el mago—, permítame ahora que yo le diga algo: no es tanto el color de nuestro hoyo lo que nos intimida, sino la fascinación por quedar atrapados en el predecible, pacífico fraude que con tanta insistencia deseamos ver en él. Este sombrero, después de todo, sólo ha sido inventado para protegerlo a usted de la luz.

El mago se llevó un vaso de agua a los labios, bebió un sorbo, aligeró su lengua; luego lo devolvió a una muchacha que se escabulló deprisa tras el escenario.

—Bueno, no se quede callado... ¿qué me dice?

—Que es usted un maldito charlatán —dijo Evangelista.

Algunas personas rieron, y él aprovechó la tregua de aquel desconcierto para mirar el fondo del salón. Las cortinas rojas de la entrada oscilaban con ondas ligeras y adormecedoras aunque nadie más las hubiera traspuesto. Sabía, sin necesidad de mirarlos, que el resto del lugar estaría lleno de seres rudimentarios como él: mujeres gordas con vestidos floreados, hombres sin cabellera, rapaces que mirarían por sobre el hombro las entrepiernas de las muchachas. Algunos metros, en la parte posterior, oculto de los reflectores, su paraguas cuidaba el asiento que había dejado libre al ponerse de pie, al caminar hacia el tablado, al encarar al mago cuando éste lo había llamado por su nombre. Ahora estaba ahí, escuchando al hombre, delante de toda esa muchedumbre que observaba oculta tras el resplandor de las luces.

—Entonces —arremetió nuevamente el mago— ¿qué cosa nos dice?

Pero su respuesta, incluso a él mismo esta vez, le pareció demasiado ridícula.

Sintió que la gente reía a sus espaldas, tanto que casi podía escuchar las inflexiones de cada voz. Una voz distinta a la otra: una voz sobre otra, como en un estanque de peces, y cada voz era un pez y la sala era un tumulto que chapoteaba y formaba arcos en su mente, burbujas y ecos de sustancias cada vez más remotas remotas como si fuera a perder el equilibrio.

Pero no pudo verlos.

Estaba rígido y no pudo volver el cuello.

—¿Qué me ha hecho? —alcanzó a decir, pues su lengua comenzaba a pesarle, como si la tuviera embadurnada con chocolate.

—Es lo que le digo —continuó el mago, en voz alta—. Uno teme a la oscuridad, pero debería temerle al brillo.

Evangelista miró sus ojos, por primera vez, y tuvo miedo de reconocerlo.

—Quiero irme a casa —se oyó decir.

—¿Y qué le hace pensar que usted está aquí... en realidad?

La frase se alargó como un espiral, tardó varios minutos en llegar a su mente. Parpadeó con lentitud, y tras el repentino síncope que lo estremecía, sólo reconoció la luz.

Tal vez habían pasado horas cuando abrió los ojos de nuevo.

—¿Los oyes? —susurró el mago en su oído.

Era un viento similar al de la cuesta por la que había subido a la rúa de Magalhães.

Ahora el mago extendía una mano delante y le señalaba los cientos de rostros atravesados por la luz de los reflectores que le impedía mirarlos. ¿Los oyes?, le dijo. La gente aplaudía y era como una cascada que iba ascendiendo desde los bancos con un sonido regular. Él *los podía oír.* Eran miles de gotas que golpeaban contra su rostro, un sonido compacto que no tenía principio ni fin. Movió su cabeza apenas y luego desvió sus ojos, cada vez más cansados y torpes, hacia las pupilas directas que lo obligaban a mirarlo.

—Está bien, pronto habrá terminado todo —escuchó.

¿Y cuándo había comenzado?, quiso decirle, pero no pudo mover los labios, y comprendió en efecto que pronto ya no podría pensar por sí mismo.

El mago palmoteó fuerte un par de veces y contó hasta tres.

Al abrir los ojos, llovía.

**Novedades:**

C. M. no récord – Juan Álvarez

Desde Alicia – Luis Barrera Linares

El amor según – Sebastián Antezana

El espía de la lluvia– Jorge Aristizábal Gáfaro

El fin de la lectura – Andrés Neuman

El Inventario de las Naves – Alexis Iparraguirre

El síndrome de Berlín – Dany Salvatierra

El último día de mi reinado – Manuel Gerardo Sánchez

Goø y el amor – Claudia Apablaza

Intriga en el Car Wash– Salvador Fleján

La filial – Matías Celedón

Médicos, taxistas, escritores – Slavko Zupcic

Punto de fuga – Juan Patricio Riveroll

Puntos de sutura – Oscar Marcano

Que la tierra te sea leve – Ricardo Sumalavia

Tempestades solares – Grettel J. Singer

**www.sudaquia.net**

**Otros títulos de esta colección:**

Acabose — Lucas García

El azar y los héroes — Diego Fonseca

Barbie / Círculo croata — Slavko Zupcic

Bares vacíos — Martín Cristal

Blue Label / Etiqueta Azul — Eduardo J. Sánchez Rugeles

Breviario galante — Roberto Echeto

Con la urbe al cuello — Karl Krispin

Cuando éramos jóvenes — Francisco Díaz Klaassen

El amor en tres platos — Héctor Torres

El inquilino — Guido Tamayo

El último día de mi reinado — Manuel Gerardo Sánchez

Experimento a un perfecto extraño — José Urriola

Florencio y los pajaritos de Angelina su mujer — Francisco Massiani

Hermano ciervo — Juan Pablo Roncone

La apertura cubana — Alexis Romay

La fama, o es venérea, o no es fama — Armando Luigi Castañeda

La casa del dragón — Israel Centeno

La huella del bisonte — Héctor Torres

Nostalgia de escuchar tu risa loca – Carlos Wynter Melo

Papyrus – Osdany Morales

Sálvame, Joe Louis – Andrés Felipe Solano

Según pasan los años – Israel Centeno

Todas la lunas – Gisela Kozak

**www.sudaquia.net**

**Otros títulos de esta colección:**

Acabose – Lucas García

El azar y los héroes – Diego Fonseca

Barbie / Círculo croata – Slavko Zupcic

Bares vacíos – Martín Cristal

Blue Label / Etiqueta Azul – Eduardo J. Sánchez Rugeles

Breviario galante – Roberto Echeto

Con la urbe al cuello – Karl Krispin

Cuando éramos jóvenes – Francisco Díaz Klaassen

El amor en tres platos – Héctor Torres

El inquilino – Guido Tamayo

El último día de mi reinado – Manuel Gerardo Sánchez

Experimento a un perfecto extraño – José Urriola

Florencio y los pajaritos de Angelina su mujer – Francisco Massiani

Hermano ciervo – Juan Pablo Roncone

La apertura cubana – Alexis Romay

La fama, o es venérea, o no es fama – Armando Luigi Castañeda

La casa del dragón – Israel Centeno

La huella del bisonte – Héctor Torres

Nostalgia de escuchar tu risa loca – Carlos Wynter Melo

Papyrus – Osdany Morales

Sálvame, Joe Louis – Andrés Felipe Solano

Según pasan los años – Israel Centeno

Todas la lunas – Gisela Kozak

**www.sudaquia.net**